Łó

Janusz Leon Wiśniewski

Łóżko

Świat Książki

Redaktor prowadzący
Monika Koch

Redakcja techniczna
Małgorzata Juźwik

Korekta
Jadwiga Przeczek
Maciej Korbasinski

Świat Książki
Warszawa 2011

Świat Książki Sp. z o.o.
02-786 Warszawa, ul. Rosoła 10

Skład
DINKOGRAF

Druk i oprawa
GGP Media GmbH, Pössneck

ISBN 978-83-247-2444-4
Nr 8162

Łóżko

Opowiadanie *Łóżko* ukazało się w „Bluszczu", nr 1 i 2 2008.

Odsunęła powoli białą narzutę i usiadła na brzegu materaca. Usłyszała znajomy dźwięk skrzypnięcia sprężyn.

Błękitno-biała pościel. Ta z jej inicjałami wyszytymi przez mamę. Jej ulubiona. Zawsze powleka taką, gdy wyjeżdża na dłużej. Aby natychmiast poczuć się dobrze po powrocie. To tak, jak gdyby trochę wracała do niej. Do matki. Nikt nie czekał na nią równie niecierpliwie jak jej mama. I nikt nie cieszył się tak z jej powrotu. Śpi w tej pościeli przez jedną tylko noc, potem pierze i chowa w szafie. Do następnej podróży. W tej pościeli sypia tylko ona. Jak dotąd. Kiedyś, gdy znajdzie kogoś wartego uczucia, zaścieli nią łóżko dla nich obojga. Kiedyś...

Ciemna, brązowa rama z sękami na pomarszczonej starością desce przy zagłówku. Na niej, tuż przy eliptycznej krawędzi, dwie krótkie linie czarnych, chropowatych wgłębień wypalonych ogniem. Jak dwie blizny po zadanych ranach. Jej ojciec podczas rodzinnych spotkań opowiadał o nich jak o bohaterskich bliznach na swojej twarzy. Dopiero mama musiała mu przypominać, że w czasie wojny był przecież dzieckiem.

Jej łóżko. Najbezpieczniejsza przestrzeń, jaką zna...

Czuła, jak powoli nadchodzi uspokojenie. A zaraz za nim wkrada się smutek. Wtuliła głowę w ramiona. Pod stopami ciągle leżała otwarta, nierozpakowana walizka. Na samym wierzchu poplamiony nieregularnymi kształtami bieli szafirowy szal z cienkiego jak muślin jedwabiu. Kiedy bardzo tęskni za dotykiem, owija nagie ramiona tym szalem i pozwala tkaninie na pieszczotę. Czasami jedwab dotyka „tego" miejsca.

Tylko jeden z jej mężczyzn miał szczęście i cierpliwość odnaleźć to szczególne miejsce na jej ciele. Bardziej jednak cierpliwość niż szczęście. On dotykał językiem lub palcami każdego centymetra jej skóry, więc kiedyś musiał i tam trafić. Otwierała się wtedy, jak po naciśnięciu magicznej klamki. Mała wyspa naskórka na jej ciele. Między szyją a prawym ramieniem, kilka centymetrów w prawo, w nieznacznym zagłębieniu, tuż pod wystającą kością obojczyka.

Tylko on jeden wiedział, że aby ją zdobyć (cokolwiek to znaczy), wystarczy delikatnie muskać dokładnie tu. W tym miejscu. Najlepiej ciepłym, wydychanym powietrzem. I delikatnie dotykać językiem. Wtedy ona odchyli głowę, naciągnie skórę szyi, będzie oddychała o wiele szybciej i podsunie najpierw szyję, a potem wargi do całowania. I wówczas także rozsunie kolana. Dla niego, chociaż nie zawsze, także uda. I właśnie ten mężczyzna był najmniej odpowiednim, jakiego kiedykolwiek powinna była spotkać.

Nie chciała więcej o tym myśleć. Szczególnie teraz. I szczególnie tutaj. W łóżku. Wstała. Zaciągnęła energicznie walizkę pod szafę i nachylona nad nią zaczęła wyjmować ubrania.

– Po co tam pojechałaś, kretynko? – pytała sama siebie, opróżniając walizkę i rozkładając w szafie równo poskładane kostki kolejnych ubrań. Wszystkie złożone z tą samą starannością. Wszystkie dopasowane kolorem do siebie, jak kolejne klocki jakiejś ogromnej, ale przemyślanej układanki. – Zmarnowałaś dwa tygodnie swojego życia! I to z kim?! Z bandą jakichś chorych popaprańców, takich, których nie stać ani na dobre wino w restauracji, ani na pomysł zjedzenia kolacji na plaży z paczką krakersów i puszką mielonki. I z zapalonymi świecami wystającymi z piasku. Na dobry humor też ich nie stać, zanim jeszcze przed śniadaniem nie wleją w siebie pierwszego piwa. Przecież to ja mam depresję! Nie oni! Żeby mieć depresję, trzeba najpierw wiedzieć, co to w ogóle jest. Dwa tygodnie! Całe czternaście dni! – mówiła do siebie coraz głośniej i z coraz większym wyrzutem. – Jak mogłam pojechać z ludźmi, którzy nie mają planu? Żadnego planu! Ani na swoje życie, ani nawet tego na najbliższe dwa tygodnie. Jak można przylecieć bez planu na Seszele?! Jak do cholery mogłam być aż taka głupia?!

Wieszała kolejne sukienki na wieszakach. Jedna za drugą. Ustawiuła je w rzędzie, jak żołnierzy do musztry. Od najdłuższej do najkrótszej. Jasne przeplatane ciemnymi, żeby rano, po otwarciu szafy, nawet gdy w pokoju ciągle panuje mrok, nie tracić czasu na szukanie.

Miała obsesję oszczędzania czasu. O tym, że to „obsesja", dowiedziała się od swojej psychoterapeutki. Ona, w odpowiedzi, nazywała to „silną tendencją do zachowania porządku". Kosmetyki w jej łazience zawsze były ustawione we właściwej kolejności. Kiedy rano robiła makijaż, w niezmiennie takiej samej kolejce stały: najpierw tonik i waciki w prawej szafce, dolna półka – krem pod oczy, krem do twarzy, rozświetlacz na cienie pod oczami, make-up, kredka do brwi, za nią pudełeczko z cieniami do powiek, tusz do rzęs, trzy szminki, błyszczyk, a cały ten szereg zamykał róż do policzków. Na poranny makijaż dawała sobie dokładnie pięć minut. Ani sekundy więcej. Jeśli nie zmieściła się w czasie, kończyła w samochodzie, stojąc w porannym korku. W soboty, gdy nie było korków, po prostu pojawiała się w biurze bez makijażu. I tak nie grało to żadnej roli, ponieważ w tej firmie tylko ona pracowała w soboty. Ona i strażnik na dole. A staruszek i tak tego nie zauważał.

Na samym dnie walizki, pod bawełnianym workiem z równo poskładaną bielizną, znalazła książkę. Leżała tuż obok muszli. Uśmiechnęła się... pierwszy raz tego poranka. Uklękła. Wzięła ją ostrożnie do rąk. Prawą dłonią delikatnie przesunęła po powierzchni okładki. Ciągle były na niej ślady jej zaschniętej krwi. Podniosła książkę do twarzy. Powąchała. Nadal pachniała plażą. I swoją niezwykłą historią...

To było kolejne południe, gdy miała uczucie, że traci czas. Chociaż minęły dopiero dwa dni, odkąd tu przybyli, uwierała ją bezczynność i leżak przy hotelowym basenie. Nie powinno jej tutaj być. Powinna być w podróży. Po tej wyspie. Po każdym jej zakątku. Nie była. Ale była za to wściekła.

Na głos planowała podróż na jutro. Ze wszystkimi szczegółami czytanymi z przewodnika. Na tyle głośno, żeby wszyscy słyszeli. Ale nikt jej nie słuchał. W pewnym momencie dotarła do ostatniej strony i zamilkła. Przez chwilę czekała na jakiś komentarz. Gdy zamiast tego usłyszała chrapanie z leżaka za nią, gwałtownie wstała. Wrzuciła ostentacyjnie przewodnik do basenu, zabrała szklankę z resztką niedopitego kolorowego koktajlu i przeszła do budynku. Nikt nie zareagował.

W każdym hotelu, w którym mieszkała, sprawdzała, czy jest biblioteka. Czasami była to oddzielna, klimatyzowana sala wypełniona wygodnymi kanapami, w których można było, z książką w dłoni, zapaść się i zapomnieć o całym świecie. Innym razem tylko krótka półka zawieszona nad drewnianym krzesłem. Chciała wiedzieć, jakie książki ludzie czytali podczas urlopu. I jakie zostawiali, aby dotarli do nich inni. Ona zawsze pozostawiała książki, które miały dla niej znaczenie. Potem, najczęściej w Polsce, kupowała kolejny egzemplarz. Czasami i ten pozostawiała w którymś hotelu. Nie pamięta dokładnie, ale Kołakowskiego zostawiła chyba w pięciu. Chciała także wiedzieć, to chyba najbardziej, czy w hotelowych bibliotekach, szczególnie w tych na końcu świata, są polskie książki.

Podeszła do zaspanego recepcjonisty. Zapytała o bibliotekę. Spojrzał na nią podejrzliwie. Gdy w końcu dotarło do niego, o co pyta, palcem wskazał przeszkloną szafkę wiszącą w kącie holu, tuż nad wyleniałym fotelem. Nie była większa niż górna część kredensu, który odziedziczyła, razem z łóżkiem, po babci Marcie. Solidne ciemne deski, a na nich, za szybą, książki. Głównie francuskie i angielskie, zadziwiająco dużo rosyjskich, mało niemieckich.

Przyglądała się przez chwilę tytułom na grzbietach książek. Jedna była wepchnięta grzbietem do tyłu. Chciała wiedzieć jaka. Kluczyk do zamka szklanej witryny był zbyt wysoko, aby mogła dosięgnąć go z podłogi. Stanęła jedną stopą na fotelu. W pewnym momencie straciła równowagę i upadając, ściągnęła na siebie całą szafkę. Szklane drzwiczki roztrzaskały się z hukiem o marmur podłogi.

Leżała pokryta kawałkami szkła. Nad nią pochylał się przerażony recepcjonista wykrzykujący coraz głośniej: *My God!* Pod odłamkami szkła, na jej brzuchu, leżała książka. Odrzuciła ją z wściekłością, kalecząc sobie palce. Wstała, zakrywając rękami nagie piersi. Podniosła stanik swojego bikini. Leżał na podłodze przygnieciony szafką. Próbowała go włożyć, plamiąc krwią piersi. Po chwili zrezygnowała, gdy zauważyła, że zapinka z tyłu jest zmiażdżona. Podeszli do recepcji.

– Niech mi pan poda klucz do mojego pokoju i każe przynieść duży kubeł lodu. I coś do dezynfekcji. I kilka plastrów – powiedziała, widząc strużki krwi na dłoniach. – Pokój trzysta pięć. I niech się pan już nie denerwuje. Nic mi nie jest – uspokajała roztrzęsionego recepcjonistę.

Pod stopami zobaczyła książkę, którą cisnęła przed siebie z wściekłością. Schyliła się i nie mogła uwierzyć własnym oczom. Książka miała polski tytuł!

– Czy może mi pan sprzedać tę książkę? – zapytała recepcjonistę, wertując strony.

– Sprzedać? – odparł, odrywając na sekundę wzrok od jej zakrwawionego biustu. – Nie! Niech pani weźmie sobie tę książkę. I każdą inną, która się tu pani spodoba. Proszę. Każdą inną też. Niech pani weźmie wszystkie. I zaraz poślę pani lód do pokoju. Tak, do pokoju. I wszystkie książki też poślę. Do pokoju. Numer trzysta pięć, tak, już, proszę klucz, numer trzysta pięć, niech pani weźmie tę książkę. Przepraszam panią, proszę, dziękuję, o mój Boże, przepraszam, dziękuję, wszystkie książki, kubeł lodu, plastry, trzysta pięć... – powtarzał jak w amoku.

Tak. Niektóre książki pachną swoimi historiami. I oceanem...

Kolejne południa przy basenie były jakby bardziej znośne. Po tygodniu dała im jeszcze jeden dzień „na opamiętanie się". Potem, tak nieodwołalnie postanowiła, zacznie podróżować sama.

Rano wstawała przed wszystkimi i szła na plażę. Spacerowała, czasami z aparatem w dłoni podglądała ptaki wyjadające to, co w nocy na brzeg wyrzucił ocean, a gdy poczuła zmęczenie, siadywała oparta plecami o granitową skałę i patrzyła na przepływające w oddali statki.

Uczyła się być sama ze sobą. Potrzebowała tego. Zawsze była „z kimś". A gdy nie była, to pracowała. Gdy on odszedł od niej, pozostała jej tylko praca. Ale przecież to od niej uciekła, przyjeżdżając tutaj...

Któregoś poranka zabrała ze sobą „książkę z biblioteczki" i ręcznik. Dwa dni przedtem odkryła na plaży, dwadzieścia minut spaceru od hotelu, małą piaszczystą dolinę pomiędzy zamykającymi ją szczelnie skałami. Upewniła się, że nikogo nie ma w pobliżu, zdjęła obszerną koszulę, potem bikini i położyła się naga na ręczniku. Zaczęła czytać. Książka rzucała cień na jej oczy.

– Czy potrafiłaby pani tak kochać? – usłyszała nagle męski głos dochodzący z granitowej skały. – Kochać aż tak bardzo?

Przestraszyła się. Książka wypadła jej z rąk, przewracając butelkę z wodą. Poczuła zimno na skórze bioder. Oparła się na przedramionach i mrużąc oczy, spojrzała w górę. Na granitowym głazie stał mężczyzna i palił papierosa. Rozpoznała go. Łukasz...

Właściwie wcale go nie znała. Wiedziała tylko, że to najlepszy przyjaciel męża Moniki, koleżanki z działu, dzięki której znalazła się na tej wyspie.

– Jedź z nami, Anka – powiedziała Monika któregoś dnia. – Odpoczniesz trochę od całego tego zamętu. Wyjedziesz, może trochę zapomnisz.

Pomysł najpierw wydał jej się absurdalny. Była w takiej depresji, że samo myślenie o tym, że trzeba oddalić się od domu dalej niż do biura, wydawało się wysiłkiem, któremu nie podoła. Nie widziała także żadnego racjonalnego powodu, dla którego miałaby lecieć na koniec świata, aby płakać. Najlepiej płakało jej się we własnym łóżku.

Monika nie dawała za wygraną. Rozmawiały

o tym. Prawie każdego dnia. Któregoś wieczoru powiedziała:

– Nie możesz tak po prostu zawisnąć i pozwolić, żeby tylko czas leczył rany. Sama wiesz, że czas się dla ciebie zatrzymał. Potrzebujesz planu działania...

Po miesiącu przyznała jej rację. Potrzebowała planu! I to bardzo. Ten pod nazwą „wymazać go z pamięci" nie dawał się zupełnie realizować. Musiała się oddalić. Odległość dwóch biurowych pięter, dzieląca ją od niego, pięter, które kiedyś były przepaścią, teraz dzieliła ich niewystarczająco. Którejś nocy zapłakana zadzwoniła do Moniki.

– Jadę z wami – powiedziała. – Jadę...

– A co to znaczy „tak kochać" twoim zdaniem? – odpowiedziała pytaniem, jednocześnie zakrywając książką piersi.

Chłopak stał ciągle na skale i przyglądał się jej. Sytuacja stawała się dla niej coraz bardziej krępująca. Wstała. Wpatrywał się w nią, gdy wciągała majtki bikini i wkładała koszulę.

– Skończyło się piwo czy wypuścili wam wodę z basenu? – zapytała z sarkazmem, zapinając kolejne guziki.

– A tobie co się skończyło? – odparł.

– Miłość mi się skończyła i próbuję zrozumieć, dlaczego... – powiedziała, ściszając głos i podwijając do łokci zbyt długie rękawy męskiej koszuli. Sama była zaskoczona własną szczerością.

– Miłość? Ta od trzymania się za ręce? Nie można przez całe życie trzymać się za ręce, bo w pewnym momencie zaczynają drętwieć dłonie. Taka miłość zawsze się kończy – powiedział, zeskakując na piasek. – Kiedyś się kończy. Tak musi po prostu być, inaczej byśmy się wykończyli. Ale ważniejsze niż miłość jest to, co po niej zostaje. – Stanął tuż przed nią, tak blisko, że poczuła zapach jego ciała. Palcami delikatnie usunął ziarenka piasku z jej twarzy.

Chciała cofnąć się o krok, ale ku własnemu zdziwieniu wcale nie poczuła skrępowania tą bliskością. Biło od niego ciepło i zapach, który kojarzył jej się z wiatrem.

– Jak myślisz, jak się skończy ta miłość? – Wskazał skinieniem głowy na otwartą książkę leżącą na ręczniku.

– Mam nadzieję, że niesamowicie, mając na uwadze fakt, że o mało nie straciłam życia, żeby zdobyć tę książkę.

– Dlaczego chciałaś dla książki stracić życie? Czy w dzisiejszym świecie istnieją jeszcze ludzie zdolni do tego, aby ginąć za słowo? – zapytał bardziej rozbawiony niż zdziwiony.

– Jeśli nie chcą umrzeć z nudów, to myślę, że tak – odparła, uśmiechając się do niego.

Chłopak nic nie odpowiedział. Przeszedł bez słowa w kierunku oceanu i usiadł na plaży. Podniosła książkę, złożyła ręcznik i stanęła, opierając się o skałę. Patrzyła na niego z oddali, jak przesypuje przez palce ziarenka piasku. Po chwili podeszła do niego i usiadła obok. Jego twarz nagle wydała jej się pełna spokoju i zamyślenia. Wilgotny wiatr plątał i skręcał jego spłowiałe od słońca włosy. Siedzieli blisko siebie, delikatnie dotykając się ramionami i w milczeniu wpatrywali się w ocean.

– Czy ta koszula jest jego? – zapytał w pewnym momencie, nie patrząc na nią.

Nie odpowiedziała. Sięgnęła po muszlę, którą akurat na piasek wyrzuciła fala.

– Pojedziesz ze mną jutro? Chcę objechać wyspę. O siódmej rano? Przy recepcji? Pojedziesz? – zapytał, delikatnie wyciągając muszlę spomiędzy jej palców.

Nie czekając na odpowiedź, wstał i otrzepał piasek z dłoni. Podał jej rękę. Ruszyli w kierunku hotelu. Szli powoli obok siebie, odciskając ślady stóp na mokrym piasku. Gdy zbliżali się do hotelowej plaży, powiedziała:

– Pojadę...

Sięgnęła ręką do jego dłoni i wydostała z niej swoją muszlę.

Poranek obudził ją dzwonkiem budzika. Wilgotne powietrze wraz z jazgotem ptaków wkradało się przez otwarte na oścież okno hotelowego pokoju. Było już ciepło, ale ciągle nie upalnie. Zeszła z plecakiem schodami. Dotarła do alejki prowadzącej w kierunku restauracji. Ciemnoskóry ogrodnik, który obcinał zeschłe liście bananowca, pozdrowił ją uśmiechem. Obywatele Seszeli nazywają swoją wyspę rajem. Ale zanim turyści się przebudzą, trochę poprawiają ten raj. Żeby wyglądał dokładnie tak jak ten na pocztówkach.

W restauracji zamówiła kawę i zjadła talerz marakui. Od pierwszego dnia spośród wszystkich owoców wybierała właśnie te bordowobrązowe, mało atrakcyjne dla niewtajemniczonych. Po trzecim dniu kelnerka przynosiła jej bez słowa talerz przekrojonych na pół owoców. Niektóre słodkie, inne tak kwaśne, że prawie niejadalne. Te lubiła najbardziej.

Przez moment poczuła niepokój. Zastanawiała się, czy wczorajsze zaproszenie nadal jest aktualne, ale przed kolejną filiżanką kawy do restauracji wbiegł Łukasz. Przysiadł się do jej stolika z mokrymi jeszcze włosami. Bez słowa sięgnął po owoce na talerzu i wyjął z jej dłoni łyżeczkę. Potem odczekał, aż postawi filiżankę z kawą na talerzyku.

– Brrr, pijesz słodzoną kawę? – zapytał, wykrzywiając twarz. Odstawił pośpiesznie filiżankę na talerzyk i podając jej rękę, powiedział: – Ruszamy...

Pobiegli, kierując się do małego srebrzystego samochodu zaparkowanego na asfaltowym podjeździe. Podeszli do auta. Po chwili zamienili się stronami, śmiejąc się na głos. Ruszyli lewą stroną szosy. To spuścizna po angielskiej kolonizacji tej wyspy.

Czuła się nieswojo. Cały czas przypominała mu, że ma pamiętać, aby jechać lewą stroną. Zanim dotarli do Victorii, stolicy wyspy i jednocześnie kraju, wydawało jej się, że lewostronny ruch jest tak samo naturalny jak prawostronny. Wystarczy mieć tylko trochę cierpliwości...

Każda przeżyta godzina przypominała jej opowieści jak gdyby wyczytane ze stron jakiegoś niesamowitego przewodnika. Jarmark przypraw w Victorii i stary sprzedawca z dwoma tylko zębami przegryzający wysuszoną chilli. Przy jednym ze straganów Łukasz kupił czerwone papryczki. Były nawleczone na sznurek jak krakowskie korale. Zawiesił na jej szyi ku uciesze staruszki sprzedawczyni, która wróżyła im „ostre" chwile. Kościół i klasztor kapucynów. Ze wszystkich zakonników pozostał tylko jeden. I był dzisiaj, bo to piątek, bardzo zajęty, ponieważ chrzcił, jak wyjaśnił im żebrak siedzący przed klasztorem. Chrzcił nieślubne dzieci. Ludzie kochają się na Seszelach kiedy chcą i z kim chcą. Katolicyzm i wierzenia wudu ciągle egzystują tutaj obok siebie. W niedziele ksiądz chrzci dzieci z prawego łoża. W piątki, szybko i bez rozgłosu, te bardziej podobne do sąsiadów niż do mężów.

Wąska plaża tuż za miastem. Przebijająca się biel piasku spoza gałęzi soczyście zielonych krzaków. Turkusowobłękitna, przezroczysta i ciepła woda. Łukasz w biegu zrzucił z siebie koszulę i z krzykiem dziecka, które po raz pierwszy zobaczyło morze, rzucił się w fale.

I robił tak za każdym razem, kiedy wysiadali z samochodu przy kolejnych plażach, z których każda wydawała się końcem raju. Docierali do następnej, a ona poganiała go, aby ruszali dalej, obawiając się, że nie zdążą zobaczyć wszystkich i przegapią najpiękniejszą. Zakreślała na mapie kolejne odcinki drogi i nazywała miejsca, które mijali.

Tuż za ogromnymi połaciami plantacji herbaty, na północno-zachodniej stronie wyspy, zobaczyli nagle ogromny krzyż wyłaniający się na horyzoncie. Słońce zbliżało się do tafli oceanu, powtarzając codzienny rytuał. Zaczynało się ściemniać. Wysiedli z samochodu. Nad koronami wielkich mangowców latały ogromne nietoperze. Poczuła lęk i przytuliła się do Łukasza. Podeszli do skraju urwiska. Krzyż wystawał z wierzchołka wysokiej skały wyrastającej z małej wysepki. Poczuli oboje, że to wyjątkowe miejsce. Pod nimi rozpościerała się niewielka laguna. Zeszli ostrożnie na dół. Łukasz kolejny raz wbiegł z krzykiem do wody i popłynął w kierunku wysepki z krzyżem. Ona, czekając na niego, przysiadła na plaży, wyciągnęła książkę z plecaka i zaczęła czytać.

– Powiesz mi teraz, czy potrafiłabyś tak kochać? – zapytał, pojawiając się nagle obok niej. Krople wody z jego ciała opadły na papier.

– Skąd w ogóle wiesz, że to książka o miłości?

– Bo to była kiedyś moja książka – roześmiał się, wycierając ręcznikiem włosy. – Ktoś mi ją sprzątnął z leżaka na plaży przed hotelem. Może przeczytamy razem? – zapytał nieśmiało.

Ułożył się obok niej, oparł głowę o granitowy głaz i wyjął książkę z jej rąk. Zaczął czytać. Czytał rytmicznie i powoli, jakby rozkoszując się każdym słowem. Czasami przestawał na chwilę, celowo robiąc pauzy tam, gdzie chciał coś przemyśleć. Słuchała. Jak wtedy, kiedy w łóżku rodziców matka czytała jej bajki. Ułożyła głowę na jego ramieniu i słuchała. Musieli zasnąć oboje prawie w tej samej chwili.

Obudził ich chłód wieczoru. Na maleńkiej plaży było już zupełnie ciemno.

– Lepiej wracajmy – powiedział Łukasz, dotykając ustami jej czoła.

Tak. Ta książka pachniała swoimi historiami. I oceanem...

Wzięła prysznic. Z włosami ociekającymi jeszcze wodą usiadła na łóżku. Sięgnęła po książkę. Spomiędzy kartek na jej uda wysypał się piasek. Dotykała każdego ziarenka. Pierwszy raz pomyślała, że może tam, na tej plaży, gdzie przecież nic się nie stało, zaczęło się wszystko od nowa. Coś jeszcze nienazwanego. Nie potrafiła określić tego stanu, ale właśnie w tej chwili przyszło jej do głowy, że nie powinna i że nie musi niczego nazywać. Że czas sam to kiedyś nazwie.

Otworzyła książkę, położyła się na łóżku i zaczęła czytać ostatni rozdział. Ten, którego on nie zdążył dokończyć na plaży. Czytała i nie chciała, żeby ta książka kiedykolwiek się skończyła. Znowu była tam, na plaży...

Wstała. Sięgnęła pośpiesznie do szafki nocnej po laptop. Zaczęła pisać...

Moją wadą jest to, że nie potrafię czekać, nie potrafię mozolnie dzień za dniem oddalać się od złych przeżyć. Czuję wtedy, że tracę czas. Po prostu nie umiem czekać. Więc muszę się tego nauczyć. Czy mógłbyś mnie nauczyć, jak być cierpliwą? Tam, na tej maleńkiej plaży, cały byłeś cierpliwością. Jej uosobieniem.

Nie chcę sama kończyć tej książki. Mam wielkie łóżko. Nie jest tak miękkie jak piasek na tamtej plaży, ale czuję się w nim tak samo bezpiecznie jak tam, na Twoim ramieniu. Czy mógłbyś przyjść i dokończyć czytać ostatni rozdział? Właśnie tu?

PS. Tę koszulę wyrzuciłam do kosza na śmieci. Jeszcze tej samej nocy, gdy wróciliśmy do hotelu...

Wysłała. Uśmiechnęła się do siebie. Położyła głowę na błękitnej poduszce. Zamknęła oczy i cierpliwie czekała. Na dźwięk dzwonka u drzwi, na sen, a może na miłość...

Ranking emocji

Opowiadanie *Ranking emocji* ukazało się w zbiorze *Listy miłosne*, Świat Książki, Warszawa 2008.

Najdroższy,
to mój pierwszy z ostatnich listów do Ciebie...

Tak się cieszę, że mam ich jeszcze tyle przed sobą. Będę odchodzić i opuszczać Cię powoli, z każdym listem bardziej. I to wcale nie dlatego, że mówiłeś mi kiedyś o „niezaprzeczalnych zaletach długiego, powolnego rozstawania się, które, ot tak po prostu i nagle, pewnego dnia niepostrzeżenie przechodzi w znużenie po obu stronach". Nie! Tak nie będzie. Nie pozwolę Ci się mną znużyć. Dlatego wszystkie te listy wyślę jednocześnie. Przewiążę je czarną aksamitną wstążką, włożę do tekturowego pudełka, zatrzasnę wieko i rozstanę się z nimi. Tak jak z Tobą. Na zawsze.

To będą staromodne, pisane ręką listy. Papierowe. W kopertach zamkniętych wilgocią mojej śliny, z krzywo przyklejonym znaczkiem wyczekanym w kolejce na poczcie, z normalnym adresem, w którym jest ulica i numer domu, a nie idiotyczna nazwa jakiegoś serwera. Prawdziwe listy, takie, które w rozczuleniu można musnąć wargami, w złości rozerwać na strzępy, w najgłębszej tajemnicy ukryć pośpiesznie przed wszystkimi w zamykanej na kluczyk metalowej kasetce w piwnicy lub które nosi się przy sobie i wraca do nich, gdy dopada tęsknota lub nadzieja się rozwiewa. Prawdziwe listy, które można także po prostu spalić. Albo je po wielu latach odkryć na nowo. Jedną z przyjemności podczas czytania starych listów jest to, że nie trzeba na nie odpowiedzieć.

Listy...

Wiesz, że uwielbiam listy, chociaż nie napisałeś do mnie żadnego. Pamiętasz pierwszy prezent, jaki Ci zrobiłam? Wróciłam wtedy z Austrii, z konferencji, na którą sam mnie wysłałeś. To znaczy za Twoją namową, a nawet na Twą prośbę – a wiem, jak bardzo nie znosisz prosić o cokolwiek – wysłał mnie tam Twój ojciec. „Doktorantka, w którą z pewnością warto inwestować". Tak było napisane odręcznie w podaniu, które i ja musiałam podpisać (nie uważasz, że to poniżająca procedura, szczególnie dla tych, którzy w ten sposób dowiedzą się, że nie warto w nich inwestować?). Ale tak naprawdę liczył się wyłącznie podpis Twojego ojca. To on jak car jest wyłącznym władcą losów każdego w tym instytucie. I to on jednoosobowo rozdziela tutaj bez wyjątku wszystko. Także euro z funduszu. Miałam się tam, w Wiedniu, jak to ująłeś, „dogłębniej zapoznać z Freudem". Oczywiście, że się zapoznałam. Najbardziej tuż po pewnej niedzielnej wizycie na pchlim targu pod Wiedniem. Wypatrzyłam i kupiłam tam dla Ciebie szarą książeczkę wydaną w 1946 roku. Rainer Maria Rilke *Briefe an eine junge Frau*. Twój ulubiony poeta, przebywając w Szwajcarii, napisał wiele listów do pewnej młodej kobiety, którą najprawdopodobniej kochał. Jedenaście z nich opublikowano w tej szarej książeczce. Targując się do upadłego, wydałam swoje przedostatnie pieniądze, aby ją kupić. Przeczytałam tę książeczkę częściowo w metrze, wracając do hotelu. Resztę doczytałam na dworcowej ławce. Za ostatnie pieniądze kupiłam butelkę najtańszego wina w małym włoskim sklepiku tuż obok hotelu. Wróciłam do pokoju, wypiłam je z butelki, rozebrałam się dla Ciebie i sfotografowałam. Ta fotografia znajduje się w książce wsunięta pomiędzy ósmą i dziewiątą stronę. Oczywiście, że bardzo dogłębnie zapoznałam się z Freudem w Wiedniu. Najbardziej wtedy, gdy – jeszcze ciągle pijana – zastanawiałam się, dlaczego to wszystko robię. Może dlatego, że chciałam, abyś w końcu przekroczył granicę intymności między nami. Większość granic przekracza się przecież z powodu prowokacji. A może dlatego, że ekscytowało mnie wyobrażenie Ciebie podnieconego nie tyle moim ciałem, ile pomysłem na sposób przekazania informacji o pragnieniach. Doktoryzowałeś się z „niewerbalnej komunikacji pragnień", więc założyłam, że powinieneś się na tym doskonale znać. A może dlatego, że to ja potrzebowałam wzmocnienia zwykłego fizycznego podniecenia, którego bez wątpienia dostarcza każdy akt ekshibicjonizmu będącego, jako perwersja, „regresją do wcześniejszego utrwalenia libido" (to za Freudem). W każdym razie sam ceremoniał fotografowania się dla Ciebie nago bardzo mnie podniecił. Upewniłam się, że drzwi do mojego pokoju są zamknięte na klucz, i położyłam się na łóżku. Najpierw rozłożyłam szeroko uda, a potem ubrałam się w Twoje palce i usta. I popłynęłam z Tobą. Na oślep. Rano, gdy się budziłam, ciągle wydawało mi się, że leżę na poduszkach Twoich dłoni...

Pamiętam, że gdy po powrocie z Austrii przyszłam do Twojego pokoju w instytucie i podałam Ci tę książkę, przytuliłeś mnie mocno do siebie i patrząc w oczy, obiecałeś, że przeczytasz ją jeszcze tego wieczoru. Nie wiem, czy to w ogóle możliwe, aby uchwycić moment, w którym rozpoczyna się miłość. Nie jakieś tam zakochanie, ale miłość. Zakochanie jest mimo wszystko tylko rozjątrzeniem siebie, trudną do opanowania, natarczywie natrętną obsesją zajmującą cały czas i całą przestrzeń. Zagnieżdża się wprawdzie w mózgu, ale tak naprawdę wypełnia głównie ciało. Miłość, jeśli w ogóle, pojawia się później. Absorbuje inaczej. Nie jest tylko namiętnością obecnej chwili. Patrzy w przyszłość. Myślę, że wtedy, gdy mnie przytulałeś, dziękując za tę książkę, zaczęłam Cię kochać. Pierwszy raz właśnie wtedy, na ułamek sekundy, pojawiła się we mnie myśl o przyszłości z Tobą. A zaraz potem zaczęłam się tego bać...

Specjalnie zostałam tego wieczoru w instytucie. Wyszłam dopiero wtedy, gdy zgasło światło w Twoim pokoju. Nie przyszedłeś do mnie i nie zadzwoniłeś. Nie przypuszczam, żebyś dotarł do ósmej strony. Ani tamtego wieczoru, ani nigdy później. Bardziej już wierzę, że odłożyłeś książkę na półkę, gdzie leży pod stosem innych nieważnych dla Ciebie przedmiotów. Myślę, że teraz jednak do niej zajrzysz. Pewnie nawet dojdziesz dalej niż tylko do ósmej strony...

Listy...

Gdyby nie listy, prawie nic nie wiedziałabym o moim ojcu. Czasami miałam wrażenie, że on istnieje tylko dzięki listom, które pisał do mnie. Gdy wracał ze statku na ląd i listy nie przychodziły, wydawał mi się daleki i nieobecny. Chociaż siedział obok przy stole lub przychodził do mojego pokoju i całował mnie przed zaśnięciem. Mój ojciec nawet bajki na dobranoc – opowiadaj w przyszłości bajki swoim dzieciom, to bardzo ważne – „opowiadał" mi w swoich listach. Gdy byłam zbyt mała i nie potrafiłam jeszcze czytać, po prostu je rysował. Dlatego Czerwony Kapturek zawsze kojarzy mi się ze mną, Babcia z moją prawdziwą babcią, a Wilk miał zęby i oczy sąsiada z drugiego piętra w naszym bloku. *Dziewczynka z zapałkami* Andersena „opowiedziana" rysunkami przez mojego ojca przyszła w dwudziestu czterech ponumerowanych grubych listach. Ojciec tymi listami próbował wynagrodzić mi swoją nieobecność. Wcale nie musiał. Paradoksalnie, kochałam go właśnie dlatego, że był nieobecny. To wcale nie jest takie trudne. Potrzeba tylko trochę pokory, szczypty ułudy i trochę czasu. Moja matka nie była pokorna i nie dała mu tego czasu.

Nigdy nie powiedziałam ojcu, że go kocham. Tylko raz mu to napisałam. Gdy moja prawdziwa babcia, a jego matka, umarła, a on był gdzieś pod Nową Zelandią i nie mógł jej pożegnać. Nie powinnam wtedy tego pisać. Nie powinno się mówić, że się kogoś kocha, tylko po to, aby go pocieszyć. Nie zdążyłam mu tego powiedzieć. Napisał do mnie ostatni list i zniknął. Mimo że znam treść tego listu na pamięć, sięgam po niego czasami. Czytam od nowa, wierząc, że może jednak, pomiędzy liniami, znajdę jakieś zakodowane pożegnanie. Dotychczas nic takiego nie znalazłam. Nie mam nawet jego grobu. Dlatego każde morze kojarzy mi się także z cmentarzem...

Chyba nigdy nie opowiadałam Ci o moim ojcu, prawda? Nawet nie wiesz, że nie żyje od dwunastu lat. Pewnie dlatego, że nigdy o niego nie pytałeś. Ty, zajęty wyłącznie sobą, rzadko kiedy o cokolwiek mnie pytałeś. Za to Twojego ojca „przerobiliśmy" dokładnie. Szczególnie ja. Ale zostawmy naszych ojców. Wróćmy do Ciebie.

No więc nie chcę być Twoim kolejnym znużeniem. Już wolę, żebyś mnie znienawidził. W rankingu wszystkich emocji – o tym też mi opowiadałeś (Pamiętasz może, kiedy i gdzie? A może także, co robiliśmy w trakcie Twojej opowieści?) – nienawiść była tuż za pożądaniem i przed pragnieniem zemsty. Pożądałeś mnie, to pewne. Teraz mam szansę na Twoją nienawiść. Przypuszczam, że obudzę w Tobie także pragnienie zemsty. Mam więc szansę na trzy największe kawałki tortu i na to, że nigdy mnie nie zapomnisz. Nuda i znużenie – według Ciebie jest między nimi różnica, której do dzisiaj nie rozumiem – były na samym końcu Twojej listy. To znaczy na końcu tej listy, którą zdążyłeś wyszeptać mi wtedy do ucha. Pamiętam dokładnie, bo przed każdym zdaniem byłam coraz bardziej rozebrana. Brałeś głęboki oddech i delikatnie wydychałeś ogrzane Twoimi płucami powietrze w moje ucho, zaczynając wypowiadać zdanie. Przy „znużeniu i nudzie" byłam już całkiem naga. Szepcząc, zdzierałeś ze mnie w niecierpliwym pośpiechu sukienkę, która – o wiele później niż ja – w końcu także Ci uległa i zsuwając się z moich ramion, powoli opadła na blat Twojego biurka, przykrywając jak całunem fotografię Twojej żony...

A potem, wystrojona dla miłości w nagość i grzech, pełna byłam jedynie warg, piersi, ud, pośladków, ramion i dłoni. Taką mnie lubisz najbardziej, prawda? Odurzona tym, co ze mną robisz, nie zauważyłam, że na Twojej liście emocji – nigdy nie lubiłeś, gdy nazywało się je, Twoim zdaniem „nienaukowo", uczuciami – w ogóle nie było miłości! Były pożądanie i rozkosz, były namiętność i lęk, wstyd, smutek, szacunek, pogarda, tęsknota i radość, ale miłości w tym Twoim rankingu uczuć nie było zupełnie. Nawet jeśli nie wierzysz w miłość, mogłeś ją przecież wtedy na nowo wymyślić i dodać do listy. Tym razem tylko dla mnie. Młode kobiety oddające się (tak to się kiedyś chyba nazywało?) pierwszy raz mężczyznom uwielbiają być oszukiwane obietnicą miłości. Miłość, zaraz po alkoholu, ciągle jeszcze jest największym afrodyzjakiem (przynajmniej dla kobiet). Przeciętni mężczyźni w jakiś tajemniczy sposób (podświadomość?) o tym wiedzą i z reguły, jeżeli w ogóle zdążą pomyśleć przed ejakulacją, sformułują i wyartykułują jakąś formę banalnego „kocham cię". Tyle że Ty demonstracyjnie gardzisz „przeciętnymi", Twoim zdaniem, mężczyznami. Poza tym tak naprawdę nie wierzysz w miłość. Dla Ciebie jest ona – ujmę to teraz tak, jak lubisz, bardzo naukowo – tylko okresowym i bardzo krótkotrwałym stanem wyparcia się własnego egoizmu na korzyść egoizmu drugiej osoby. Poza tym alkohol jest dla Ciebie (wiem, wiem przecież, że to przez historię z Twoją matką!) demonem. Nawet te kilkanaście procent w moim ulubionym czerwonym winie traktowałeś zawsze jak uzależniający mnie narkotyk, który zmienia moją osobowość. Oczywiście, że zmienia. Gdy wtedy usiadłam przed Tobą na biurku, sama byłam ogromnie zdziwiona swoją zmienioną osobowością.

Pamiętasz, kiedy to było? Oczywiście, że nie pamiętasz, prawda? Ale ja pamiętam. Byłeś tego dnia bardzo nieszczęśliwy. Wiesz, że zawsze gdy byłeś nieszczęśliwy, stawałeś się lepszym człowiekiem? Zauważyłam to już na początku naszej znajomości. To chyba jakaś ogólna prawidłowość. Może dlatego nieszczęśliwi ludzie tak łatwo wzbudzają w innych sympatię. Twój ojciec, podczas poniedziałkowego zebrania w instytucie, podnosząc głos, zwrócił się w pewnym momencie do Ciebie: „Szanowny panie doktorze". Zapadła cisza. Wiedzieliśmy, co teraz nastąpi. Twój ojciec pozwalał sobie na podniesienie głosu tylko wtedy, gdy zwracał się do Ciebie. I tylko gdy musiał Cię skrytykować. Innych rugał lub chwalił (notabene, Ciebie nie chwalił nigdy) cichym głosem, nigdy nie używając stopni naukowych. Spojrzałam w tym momencie na Ciebie. Zawstydzony jak mały chłopiec, spuściłeś głowę, w milczeniu zagryzałeś wargi i zaciskając pięści, czekałeś na kolejne lanie. Gdyby to nie był Twój ojciec, wykrzyczałbyś coś i natychmiast wyszedłbyś z sali, trzaskając drzwiami. Tak jak wtedy, gdy na nieporównywalnie mniej dotkliwą krytykę pozwolił sobie dziekan. Ale to był Twój ojciec. Wasze relacje były – nazwijmy to, nawiązując do Twojej definicji miłości – dziwacznym stopem egoizmów. Rodzajem toksycznej dla obu stron zależności, której Ty nie miałeś odwagi wypowiedzieć, a Twój ojciec nie chciał, ponieważ dla niego ciągle byłeś nieporadnym chłopczykiem, którym trzeba się opiekować. Z jednej strony chciałeś być taki jak on, a z drugiej nie mogłeś wybaczyć sobie, że we wszystkim, co robisz, aż tak bardzo się do niego upodabniasz. Na dodatek Twój ojciec był ciągle zbyt młody, żeby spoglądać na niego jak na zdziwaczałego profesora „na ukończeniu", którego trzeba po prostu przeczekać jak katar. Tej jego nieprzemijającej młodości także mu zazdrościłeś. Najpierw najmłodszy profesor, potem najmłodszy dziekan i w końcu najmłodszy szef instytutu. Mało kto z zewnątrz wierzył, że jesteś jego synem. Studentki też nie. Gdy paliłeś papierosy przed budynkiem instytutu, to sam przy popielniczce mogłeś podsłuchać ich plotki i historyjki o Twoim ojcu. „Jak on mnie kręci, chciałabym go bzyknąć...". Taki strzęp rozmowy także dotarł któregoś razu do Twoich uszu. Opowiadałeś mi o tym z takim zdenerwowaniem, a nawet przerażeniem, jak gdyby ta dziewczyna nie żartowała, ale naprawdę miała zamiar go uwieść natychmiast po zgaszeniu papierosa. Wtedy nie potrafiłam tego zrozumieć. Dzisiaj, znając dokładnie powód alkoholizmu Twojej matki, wypieranej coraz bardziej z jego życia przez kolejne kochanki, patrzę na to zupełnie inaczej. I tym bardziej chcę o Tobie zapomnieć.

Teraz już chyba przypomniałeś sobie ten wieczór? Czym ja tak naprawdę różnię się od tej studentki? Chyba tylko tym, że nie palę. I tym, że to nie był żaden żart. I że to byłeś Ty, a nie Twój ojciec. Wtedy, dwa lata temu, właściwie nie zarejestrowałam znaczenia obecności Twojej żony. Była jedynie młodą, piękną kobietą, której można było Ciebie odebrać. Na tym świecie także szczurzyce mają swój wyścig. Odebrałam już dwóch mężczyzn innym kobietom i nie widziałam powodu, dla którego Twoja żona miałaby być traktowana inaczej.

Poza tym kochałam Cię. Wiem, jak prostacko to zabrzmi, ale wtedy ciągle traktowałam miłość jako niepodważalne usprawiedliwienie wszelkiej niegodziwości. Tak pewnie myśli większość kochanek. Dlatego przyszłam tamtego wieczoru do Twojego pokoju i zaczęłam odbierać jej Ciebie. Najpierw chciałam wykraść jej tajemnicę. Sam fakt, że będziesz mnie – tak jak ją – całował, rozbierał i dotykał, nie działał specjalnie na moją wyobraźnię. Większość ludzi robi to prawie identycznie. Jest to tak standardowe, że można napisać o tym poradnik. Tajemnica, którą chciałam wykraść Twojej żonie, polega na czymś zupełnie innym. Najbardziej chciałam wiedzieć, co będziesz przy tym mówił, jak będziesz oddychał, jak będziesz pachniał, jak drżał, jak będzie smakować Twoja skóra, Twój pot, Twoja ślina. Myślę, że okrucieństwo, jakiego doświadcza zdradzona kobieta, nie polega na tym, że on dotknął wargami innych piersi, penetrował językiem inne usta lub włożył swój penis w inną waginę. Tym, co boli o wiele bardziej, jest zdrada tej tajemnicy. Na jej dochowaniu, moim zdaniem, zasadza się wierność.

I kto to pisze?! Ja, Twoja kochanka, która uwiodła Cię, siadając bez majtek, z rozłożonymi udami na biurku przed Tobą. Taki ktoś ośmiela robić Ci małe seminarium na temat wierności! Widzisz, do czego mnie doprowadziłeś (teraz usłyszałbyś cyniczny śmiech)? Z naszego romansu (zgodzisz się, że można to tak nazwać?) wyszłam poturbowana, obolała, poraniona i poniżona. To fakt. Ale po drodze nauczyłam się kilku ważnych rzeczy. I teraz prezentuję Ci tę wiedzę. Sam mówiłeś, że zachowywanie wiedzy tylko dla siebie jest objawem pychy. Gdy byliśmy razem, cokolwiek to znaczy, tkwiłam przy Tobie jak mityczna nimfa Echo zakochana w Narcyzie. Odkąd Cię poznałam, podobnie jak Echo, nie potrafiłam mówić własnym głosem. Mój największy błąd polegał na tym, że Twoje samouwielbienie i wywyższanie się ponad innych pomyliłam z siłą. Potem okazało się, że Ty wcale nie jesteś silny i na dodatek jesteś wybrakowanym Narcyzem. On zobaczył w wodzie wyłącznie swoje odbicie. Ty dostrzegłeś tam dwa odbicia. To drugie było twarzą Twojego ojca.

Zdążyłeś mnie przywiązać do siebie na długo przed tym, zanim w końcu zauważyłam, że potrzebujesz wyłącznie klakierów i seksu. Świetnie wykorzystałeś w tej grze kartę, którą sama wyciągnęłam z talii i wcisnęłam Ci do ręki. Wiedziałeś, że potrafię zatrzymać się i trwać tylko przy silnym mężczyźnie. Nie znosiłam kiczowatych romantyków, którzy wyryją w drzewie serce z naszymi inicjałami, będą kupować mi watę cukrową na jarmarku, wyznawać miłość w czasie spaceru po rosie i nie zapomną w cukierni wyciągnąć rodzynków z sernika tylko dlatego, że ja ich nie znoszę. Zawsze taka byłam. Gdy miałam dwanaście lat, zakochałam się po raz pierwszy w życiu. W chłopaku mojej kuzynki z Torunia. Oczarował mnie tym, że miał ogromne żylaste dłonie, bliznę na policzku, że bali się go wszyscy na osiedlu i że nie „kleił" się do mojej kuzynki. Był zagadkowo milczący i w ten sposób niedostępny. Wydawało mi się, że przy nim można czuć się bezpiecznie, i zazdrościłam kuzynce tego, że ma go tylko dla siebie, łącznie z prawem do rozmów. Potem okazało się, że on nieustannie milczy, ponieważ tak naprawdę nie ma nic do powiedzenia.

Ty także sprawiasz wrażenie niedostępnego. Wdrapałeś się na katedrę i trzeba zadzierać głowę, aby rozmawiając z Tobą, móc patrzeć Ci w oczy. Imponowało mi, że tylko dla mnie schodziłeś z tej wysokości. Czułam się wyróżniona i na swój sposób bezpieczna. Podzieliłam Cię tymczasowo z Twoją żoną i całą resztę miałam dla siebie. Tak mi się przynajmniej wydawało. Tej reszty nie było zbyt dużo. Ukradkowe spotkania w kawiarni – oczywiście jak najdalej od instytutu – kilka służbowych wyjazdów, dwa weekendy w Sopocie, mój zwariowany przyjazd na kilkanaście godzin podczas Twojej konferencji w Neapolu, poranne seanse w pustym kinie i gigabajty e-maili, które pisałam do Ciebie, siedząc za ścianą obok. Reszta to był seks. W Twoim pokoju, w Twoim samochodzie, w lesie, w toalecie restauracji w centrum miasta, na schodach ostatniego piętra wieżowca... Seks był dla mnie najprostszą, najkrótszą, i tak naprawdę jedyną drogą do kilku minut czegoś, co mogło przypominać Twoją czułość.

Przez ponad rok czekałam na jakiś następny etap. Jak klasycznie durna i naiwna kochanka nienawidząca Wigilii, Wielkanocy, niedziel i par trzymających się za rękę podczas spaceru w parku. Momentami nie poznawałam siebie. Otoczyłeś mnie niewidzialną obręczą. Dwa kroki za nią zaczynała się moja samotność. Byłam na każde Twoje skinienie. Potrafiłam, obudzona telefonem, wyczytać w Twoim głosie tęsknotę i pognać jak oszalała w nocy do instytutu, żeby najpierw kolejny raz wysłuchać Twojego skomlenia o ojcu, który Ci znowu dopiekł, a potem rozebrać się, uklęknąć przed Tobą i podać Ci moje usta.

*

Czekałam. Do pewnej lutowej soboty. Miałeś wrócić w niedzielę z ferii zimowych w Szczyrku. Całe dwa tygodnie bez Ciebie. Gdyby nie referat, który przygotowywałam na poniedziałkowe seminarium, naprawdę stałabym się alkoholiczką ze zmienioną osobowością. Ten referat pomagał mi przeczekać. Chciałam, abyś był dumny ze mnie w poniedziałek. W sobotę wieczorem nie miałam już naprawdę ochoty na dalszą „analizę kompleksu kastracyjnego u chłopców w fazie fallicznej z punktu widzenia teorii rozwoju libido". W sobotę wieczorem miałam swoje własne libido i bardzo chciałam Twojego fallusa. Pomyślałam, że w tej sytuacji nie pozostaje mi nic innego, niż wyciągnąć Magdę na wino do „Miełżyńskiego" na Burakowskiej. Prawdopodobnie nigdzie w Warszawie nie ma lepszego wyboru win. A już na pewno nigdzie tak przystojnego właściciela. Wyszłyśmy stamtąd przed północą. Kupiłam kilka butelek. Istnieją wina, po których jestem bardziej wyuzdana niż zwykle. Nie mogłam czekać do poniedziałku, musiałam to natychmiast wypróbować na Tobie. Byłyśmy zbyt wstawione, aby Magda mogła prowadzić samochód. Wracałyśmy taksówką. Przejeżdżając ulicą obok instytutu, instynktownie zerknęłam w okno Twojego pokoju. Przez żaluzje dostrzegłam poświatę z lampki na biurku. Wróciłeś! Zawsze po powrocie z urlopu przychodziłeś do instytutu. Nawet jeżeli to była noc. Czasami zastanawiałam się, z jaką złością musi reagować na to Twoja żona. Natychmiast kazałam taksówkarzowi się zatrzymać. Magdzie skłamałam, że muszę zabrać na niedzielę jakieś bardzo ważne dokumenty do referatu. Zaspany strażnik na dole bez trudu mnie rozpoznał i jak zwykle nie zadawał żadnych pytań. W toalecie na pierwszym piętrze poprawiłam makijaż, nałożyłam błyszczyk na usta, rozpięłam guziki bluzki, zdjęłam stanik i schowałam go do torebki. Byłam wilgotna, zanim dotarłam ciemnym korytarzem do drzwi Twojego pokoju. Bezszelestnie nacisnęłam klamkę. Ta dziewczyna, zupełnie naga, poruszając biodrami, stała tyłem do Ciebie, oparta dłońmi o ścianę...

Nie masz, kurwa, racji z tym rankingiem emocji. Pragnienie zemsty lokuje się z pewnością ponad nienawiścią. Ale na samym szczycie jest uczucie poniżenia. Nie wiem dlaczego, ale zbiegając na oślep schodami, myślałam o Twojej żonie.

W poniedziałek rano najpierw spędziłam godzinę u znajomej kosmetyczki, która wszystkim, co tylko miała, wygładziła mi opuchliznę wokół oczu, a potem wygłosiłam najlepszy ze swoich referatów. Spóźniłeś się, jak zwykle zresztą, i usiadłeś na wolnym krześle tuż przy pulpicie, za którym stałam. Byłeś tak blisko, że czułam zapach Twojej wody kolońskiej. Nie spojrzałam ani razu na Ciebie. Nawet po zakończeniu wykładu, gdy Twój ojciec, jeszcze przed dyskusją, zwracając się do mnie po imieniu, powiedział: „Marto, czas najwyższy sprecyzować temat

Twojego doktoratu. Proszę przyjść do mnie do gabinetu. Może dzisiaj? O czwartej?".

W tym momencie wstałeś i ostentacyjnie wyszedłeś z sali wykładowej. Za chwilę poczułam wibrację telefonu w kieszeni. Tylko Ty znałeś ten numer. Po wykładzie nie wróciłam do swojego pokoju. Pojechałam do domu, żeby dalej płakać.

Przed szesnastą przemknęłam korytarzem pod drzwi gabinetu Twojego ojca. Gdy weszłam, jego sekretarka sięgała akurat po coś z górnej półki wysokiego regału. Te same blond włosy do ramion, dokładnie ta sama bransoleta z fioletowych ametystów na przegubie jej wyciągniętej do góry ręki. W jednej chwili wrócił obraz z soboty. Było za późno, aby się wycofać. Twój ojciec stał obok w sekretariacie. Bez słowa wskazał mi otwarte drzwi do swojego gabinetu. Skulona usiadłam w skórzanym fotelu pod oknem. Słyszałam jej śmiech dochodzący przez otwarte drzwi. Słyszałam Twojego ojca. Nie rozpoznawałam słów. Wydawało mi się, że Twój ojciec szepcze coś do niej. Szepcze Twoim głosem. Poczułam rodzaj nienawistnej furii. Chwyciłam się mocno poręczy fotela, aby tam nie pobiec. To trwało tylko chwilę. Taki nagły atak obsesyjnej wściekłości. Zanim Twój ojciec wrócił i usiadł za biurkiem, było już po wszystkim. To wtedy, gdy siedziałam w gabinecie Twojego ojca, wbijając paznokcie w poręcze fotela, przyszedł mi do głowy pomysł zemsty. Postanowiłam Cię wykastrować.

Nie pamiętam dokładnie, o czym mówił Twój ojciec. Wpatrywałam się w jego poruszające się wargi i przytakiwałam. Zarejestrowałam w pamięci tylko to, że będzie promotorem mojego doktoratu i że proponuje regularne spotkania sprawozdawcze raz w tygodniu, w każdy czwartek punktualnie o siedemnastej. Wychodząc z gabinetu, byłam cudownie odmieniona. Miałam już gotowy plan. Najpierw spojrzałam w oczy jego sekretarki i spokojnym głosem poprosiłam o zarezerwowanie terminu w nadchodzący czwartek.

We wtorek przestałam płakać, a w środę zmieniłam numer telefonu. Robiłam wszystko, aby nie mieć czasu. Nagle okazało się, że to nie jest wcale takie trudne, gdy ma się jakiś cel. Wystarczy wymienić jedną obsesję na inną. Gdyby nie Ty, a nazywając rzecz po imieniu, gdyby nie Twoje łajdactwa, nigdy nie napisałabym doktoratu w tak krótkim czasie. Miotałeś się jak rozjuszony samiec szczura, spod którego nagle w trakcie kopulacji wyciągnięto samicę. Nie mogłeś zrozumieć, dlaczego nie należę już do Ciebie. Nie unikałam Cię, to byłoby zbyt trudne w tym małym grajdole naszego instytutu. Unikałam jedynie wszelkiej z Tobą bliskości. Któregoś dnia byłeś tym tak przerażony, że łamiąc wszystkie swoje reguły bezpieczeństwa, czekałeś na klatce schodowej przed drzwiami mojego mieszkania. Nawet wtedy pomogłeś mi jeszcze bardziej oddalić się od Ciebie. Gdy nie wpuściłam Cię do środka, rozjuszony kopnąłeś w drzwi. Przypomniał mi się wówczas ten burak z żylastymi dłońmi i blizną na twarzy.

Potem przeszedłeś do następnej fazy. Nazwijmy ją powieściowo-romantyczną. Wysyłałeś do mnie pocztą elektroniczną harlequinowe opowiadania o tym, jak tęsknisz, jak ważna była dla Ciebie nasza bliskość oraz jak bardzo brakuje Ci naszych rozmów i mojego dotyku. Nie przeszkadzało Ci to jednak – wiem, ponieważ wpadałam do instytutu także w niektóre noce – regularnie zostawiać spermę w ustach sekretarki Twojego ojca. Ta faza była dla mnie bardzo krótka i łatwa do przetrwania. Wystarczyło, że po kilku takich „romantycznych" mailach ustawiłam swój program pocztowy tak, aby wszystko, co nadchodziło z Twojego adresu, było odczytywane jako spam i automatycznie lądowało w koszu.

Ja niecierpliwie czekałam na ostatnią fazę. Dałam sobie dużo czasu. Na początku wyceniłam ją na dwanaście czwartków, ale po miesiącu „spotkań sprawozdawczych" z Twoim ojcem bez wahania zredukowałam ją do ośmiu. Pisałam naprawdę dobrą pracę. Na dwa dni przed naszymi spotkaniami kładłam bez słowa wydrukowane fragmenty na biurku jego sekretarki. Tak zwana sprawozdawczość ograniczała się do maksymalnie piętnastu minut dyskusji. Potem zaczynała się rozmowa. Twój ojciec, całkowicie inaczej niż Ty, przepięknie potrafi słuchać. Więcej! Wsłuchiwać się. Pamiętam, jak któregoś razu zapukała jego sekretarka. Przyszła z plikiem dokumentów w ręce i prośbą o jakiś podpis. Powiedział jej, że nie powinna już nigdy, „w żadnym wypadku", tego robić. Nie może po prostu się pojawiać, dopóki ja jestem w jego gabinecie. Pamiętam, że spojrzała na mnie wtedy z nienawiścią. To był mój pierwszy mały triumf. Drugi nastąpił wkrótce. W trakcie kolejnego spotkania Twój ojciec ustalił pewien ceremoniał naszych czwartków. Na przykład po każdym zakończonym rozdziale mojego doktoratu wyciągał z biurka butelkę wina i wznosiliśmy toast „za przyszłość i naukę". I to nie były przypadkowe wina. To były dokładnie te wina, o których ja mu opowiadałam. Przedtem dzwonił do sekretarki, żeby przyniosła dwa kieliszki. Uwielbiałam jej spojrzenie, gdy wchodziła z kieliszkami na tacy, a on podawał jej butelkę, polecał ją odkorkować i wrócić za chwilę z otwartą. Ja za to starałam się z każdym rozdziałem przychodzić do niego bardziej rozebrana. Skracałam spódnice, wymieniłam rajstopy na pończochy, wkładałam bardziej obcisłe bluzki, rozpinałam więcej guzików w żakietach moich kostiumów lub wkładałam sukienki z głębszym dekoltem. Poza tym, gdy do pokoju z kieliszkami wchodziła jego sekretarka, za każdym razem zapadałam się głęboko w fotelu, szerzej rozsuwałam uda i zdejmowałam ze stóp szpilki.

W ósmy czwartek przyszłam na spotkanie z Twoim ojcem punktualnie o siedemnastej ubrana w tę samą jedwabną przezroczystą sukienkę, która tak bardzo broniła się przed Tobą. Nie miałam nic pod nią. Dokładnie tak jak wtedy. Gdy sekretarka przyniosła kieliszki na tacy, nie obdarzyłam jej nawet jednym spojrzeniem. Stała się dla mnie w tym momencie zupełnie nieistotna. Za chwilę wróciła z winem, wychodząc, zamknęła za sobą drzwi i zniknęła na zawsze. Wstałam z fotela, usiadłam przed nim na biurku. Sukienka, zsuwając się z moich ramion, powoli opadła na blat biurka, przykrywając jak całunem Twoją fotografię...

Narodziny

Opowiadanie *Narodziny* ukazało się w zbiorze
Opowieści wigilijne, Prószyński i S-ka, Warszawa 2005.

Wstanie dzisiaj wcześnie rano i pojedzie samochodem do jego rodziców do Łowicza. Do południa pomoże jego matce przygotowywać dania na wigilijną kolację. Gdy staruszka będzie piec makowce, ona przygotuje tradycyjny barszcz z suszonymi grzybami i uszka, a sałatkę śledziową zrobią razem. Gdy wszystko będzie gotowe, wspólnie wypiją herbatę z sokiem malinowym i obejrzą albumy z fotografiami. Potem jego ojciec, odkładając ten moment do ostatniej chwili, przyniesie z piwnicy choinkę, którą rano przywiózł z lasu, z polany w pobliżu Sochaczewa, i zapakuje ją do bagażnika jej samochodu. Jego matka wyjdzie z nimi na podwórko i będzie ją ostatni raz prosić, aby nigdzie nie jechała i spędziła Wigilię z nimi tutaj, w Łowiczu. Ona ostatni raz odmówi. Wrócą do mieszkania, podzielą się opłatkiem i będą płakać.

W domu będzie przed zapadnięciem zmroku. Ustawi choinkę na marmurowej płycie stolika przy kominku. Wyciągnie z komórki spakowane w dwa kartony ozdoby choinkowe i powiesi je na drzewku, słuchając kolęd. W jednym z kartonów znajdzie pieczołowicie owiniętą miękką welurową chustą stłuczoną zielonkawą bombkę. Podczas ich ostatniej Wigilii przyniósł ją do kuchni, aby powiedzieć, że tę najstarszą i zaśniedziałą lubi najbardziej ze wszystkich. Stanął za nią, objął i zaczął opowiadać.

Gdy był małym chłopcem, wstawał wcześnie rano w Wigilię i jechał z ojcem autobusem kilka kilometrów za miasto w kierunku Sochaczewa. Wysiadali na opustoszałym przystanku w środku lasu i zasypanymi śniegiem ścieżkami przedzierali się na polanę pełną choinek. Wybierali drzewko, ojciec ścinał je siekierką i wracali do domu. Po drodze ojciec opowiadał mu historie swoich Wigilii, tak jak zapamiętał je z dzieciństwa. Zawsze mieli choinkę z tej polany. Gdy ojciec był małym chłopcem, także przychodził tu ze swoim ojcem. Wtedy nie było autobusów i te kilka kilometrów z Łowicza szli piechotą. Ale to należało do rytuału świętowania Wigilii, tak jak należą do niego kolędy, opłatek i pasterka. Wigilia wyznacza rytm życia i wszystko musi być tego dnia tak, jak było zawsze. Choinka z polany pachnie tak, jak powinna pachnieć prawdziwa choinka. I ten zapach, podobnie jak zapach barszczu, smażonych karpi i suszonych grzybów, także należy do tego dnia. Wracali do domu i podczas gdy matka kręciła się w kuchni, oni stawiali drzewko w wiadrze wypełnionym kamieniami i piaskiem i wieszali na nim ozdoby. Zaczynali od tej zielonkawej, zaśniedziałej bombki. Ojciec przywoływał wtedy matkę z kuchni, brał do ręki zieloną kulę, wspólnie robili nad nią znak krzyża i wieszali jako pierwszą. Zaraz potem klękali przed drzewkiem i modlili się na głos przez krótką chwilę. Tak robili jego dziadek z babcią, tak zrobią z pewnością dzisiaj jego ojciec i matka, tak chciałby zrobić on. Teraz. Z nią. A gdy będą mieli dziecko, to on chciałby... Nie dała mu dokończyć. Odwróciła się twarzą do niego. Musiała przytulić się zbyt gwałtownie. Usłyszała dźwięk pękającego szkła. Nic nie powiedział. Trzymając się za ręce, przeszli do choinki stojącej przy kominku i wspólnie powiesili na drzewku tę resztkę, która została. Uklękła przy nim. Tak naprawdę to była pierwsza Wigilia w jej życiu, podczas której się modliła...

Około siedemnastej w sypialni przebierze się w czarną sukienką z szyfonu, poprawi fryzurę, nałoży szminkę na usta i zanim zasiądzie przy uroczyście zastawionym stole, położy pod choinką prezent dla niego. Otworzy butelkę chablis, naleje wina do dwóch kieliszków i wypije z obydwu do połowy. I będą rozmawiać...

Opowie mu, zapatrzona w puste krzesło naprzeciwko, o roku, który mija, o tym, jak bardzo go kocha i jak bardzo cieszy się, że go spotkała. Dokładnie jak tamtej Wigilii.

Potem wypowie na głos to, czego nie zdążyła mu powiedzieć. Że uwielbiała siadać z nim przy kominku, chodzić z nim na spacery, czytać książki, leżąc obok niego na brzuchu. Że mogła z nim rozmawiać godzinami i milczeć z nim godzinami. Że nigdy nie zapomni dnia, kiedy wieczorem wyniósł fotele na ganek przed ich dom, otulił ją kocem, przyniósł gorącą herbatę z rumem i powiedział, że chciałby z nią oglądać pełnię. Nie oglądali, bo zasłonił jej niebo, całując ją. Że lubiła sypiać w jego koszuli, gotować dla niego pierwszy raz w życiu kapuśniak i rozmyślać o ich wspólnej starości. I że już wtedy najchętniej ukryłaby go przed całym światem, by nikt nigdy jej go nie zabrał. Że jest najcudowniejszym marzeniem, jakie może zdarzyć się kobiecie... I że jej to marzenie się spełniło. Że pisze wiersze o tym marzeniu i że większość książek czyta teraz na głos, wierząc, że on ją słyszy. Że nie wiedziała, że można kochać kogoś tak bardzo, i że teraz nie potrafi z tą wiedzą żyć.

Że chodzi z jego psem na spacery i płacze, gdy widzi, jak Harry kładzie się na dywaniku przed drzwiami w przedpokoju i każdego wieczoru czeka na odgłos trzaśnięcia drzwi jego samochodu. I że ona każdego wieczoru zazdrości Harry'emu jego niewiedzy i jego nieustannej nadziei, z którą położy się przed tymi drzwiami jutro, pojutrze i każdego następnego dnia.

Że dla niej Wigilia zaczyna się dopiero wtedy – i zawsze już tak będzie – gdy klęka przed choinką, tak samo jak jego dziadkowie, rodzice i on z nią wtedy. Ale od trzech lat nie modli się do Boga i nawet jeśli wypowiada te same modlitwy, to nie ma w nich ani wyznania wiary, ani czci, i przede wszystkim nie ma w nich dziękczynienia. Można modlić się, nie wierząc w Boga. Zupełnie nie dba o to, że to koszmarnie obłudne. Dla niej ważniejsza od Boga jest obietnica, którą złożyła jemu. A jemu obiecała, że będzie zaczynała Wigilię, klękając przed choinką i modląc się.

Dokładnie kwadrans po dziewiętnastej włoży płaszcz, schowa do kieszeni kopertę z opłatkiem i kilka świec. Spakuje do torby ozdobioną lametą i posrebrzanymi szyszkami gałąź sosny i wyjdzie z domu. Gdy dojdzie do asfaltowej drogi, skręci w prawo. W kierunku Konstancina...

Gdyby cztery lata temu zapytano ją, czym jest dla niej Wigilia, to bez wahania odpowiedziałaby, że wzruszającym dostojeństwem i magią bycia razem. Dostojeństwem? Bo świat spowalnia, łagodnieje, staje się bardziej czuły, cichną spory i wszystkich jednoczy ta sama Sprawa. Magią? Bo to chyba jedyny dzień w roku, gdy ludzie wierzą, że pojawia się kolejna szansa na wszystko. Bo tego dnia powstają mosty, aby ludzie mogli być razem. Blisko siebie. Najbliżej. Pojawia się nagle coś w rodzaju tajemnego, zrozumiałego dla wszystkich kodu, który sprawia, że wszyscy razem stanowią jakąś całość. Bliskość jest w dzisiejszych czasach tak rzadka, że aż magiczna.

Nawet jeśli ta magia i to dostojeństwo trwają tylko kilka godzin, dla niektórych są to jedyne godziny w roku, gdy ktoś ich przytula, dotyka, słucha, stara się zrozumieć i nie litując się nad nimi, okazuje im, że są ważni. Taka myląca swoją prawdziwością imitacja globalnej rodzinności przez jeden wieczór w świecie pełnym blasku światła, ze świecami, zapachem choinki i pieśniami bożonarodzeniowymi, zwiastującymi wielką radość. Gdyby cztery lata temu zapytano ją, co oznacza dla niej dwudziesty czwarty grudnia, bez wahania odpowiedziałaby, że to w całym roku data najbardziej znacząca, że ludzie potrzebują jej najbardziej ze wszystkich, że nadaje ich życiu rytm i sens, bo porządkuje ich świat. Dzisiaj jednak powiedziałaby, że to absolutna nieprawda, że bardzo myliła się wtedy, że chciałaby tę datę wykreślić raz na zawsze z kalendarza, a jeśli się nie da, to chciałaby, aby w następującym po niej dniu nie urodził się ani Jezus, ani nikt inny. Tak właśnie, bez najmniejszego wahania, odpowiedziałaby dzisiaj...

Ze swojego dzieciństwa – zupełnie inaczej niż jej starszy brat – bardziej pamięta oczekiwanie na moment przełamywania się opłatkiem niż na prezenty, które leżały pod choinką. Może dlatego, że tak mało było ciepła i bliskości w jej rodzinie? Może dlatego, że był to jedyny dzień w roku, kiedy mogła być świadkiem, jak ojciec całuje i przytula matkę, która ukradkiem ociera łzy i szepcze coś ojcu do ucha. Potem ojciec podchodził do niej, brał ją na ręce, kładł jej głowę na swoim ramieniu, dotykał ustami jej policzków lub czoła i delikatnie gładził włosy. Nie robił tego przez cały rok. Do dzisiaj pamięta ten dotyk...

Obecnie zastanawia się także, dlaczego tak nieistotne było dla niej to, co w Wigilii najważniejsze: Boże Narodzenie. Odkąd tylko pamięta, mimo że była wychowana w typowej katolickiej rodzinie, traktowała narodzenie Jezusa jedynie jako pretekst do pięknej ceremonii, która odbywa się bardziej w domach niż w świątyniach. Stawiane przed ołtarzami w kościołach i na najważniejszych placach miasta stajenki i żłóbki, którymi zachwycała się jako dziecko, bardzo szybko straciły w jej oczach swoje religijne znaczenie i zaczęły kojarzyć się bardziej z przedstawieniem w teatrze lalek niż z biblijną opowieścią, która miała być w zamyśle zapisem historycznej prawdy. Ta prawda jest jednakże tak bajkowo piękna, że potrzeba wiary, aby w nią... uwierzyć. Jednak niezwykły fenomen, polegający na tym, że dwa miliardy ludzi rok w rok ze wzruszeniem i uniesieniem świętuje narodziny syna bezdomnych rodziców, jest najlepszym dowodem, że wiara to coś o wiele więcej niż wiedza historyków. Nawet jeśli to historycy mają rację, podważając opisany przez ewangelistów scenariusz narodzin Jezusa, nic dobrego z tej ich racji dla nikogo nie wynika. Ludzie pragną Wigilii jak z *Baśni z tysiąca i jednej nocy*, a nie tej faktycznej. Fakty mają z gazet.

Mało kto zauważa, że trudno było wymyślić bardziej populistyczną historię niż ta, którą opowiadają święci Mateusz i Łukasz w Biblii. Ludzie chcą, aby Jezus już przy urodzeniu był takim samym biedakiem jak oni. Przemawia do nich bardzo ludzka, jakby wyjęta ze współczesnego serialu telewizyjnego, dramaturgia dziejów Świętej Rodziny. Milcząca, pozostająca w cieniu mężczyzn i całkowicie im podporządkowana matka, nagrodzona za swoją uległość dostąpieniem świętości, a obok niej ojczym, prosty cieśla, który uwierzył w swój sen i usynowił nie swoje dziecko, przy którego kołysce klękały zwierzęta i z największą pokorą pochylali ukoronowane głowy możnowładcy. Nauczył go stolarki, nie posyłał do żadnych szkół i mimo to wychował mędrca i Boga. Większość ludzi uwielbia biografie takich rodzin. Mogą się z nimi utożsamiać. Gdy królowie przybywają do stajni, żeby klękać przed ubogim, to świat wydaje się wtedy sprawiedliwy, chociaż sprawiedliwszym przez ten krótkotrwały gest wcale się nie staje. Filantropia ma niewiele wspólnego ze sprawiedliwością. Nawet ta uświęcona w Biblii. Ale w Wigilię chodzi głównie o wzruszenia, a nie o sprawiedliwość.

Wigilia jest wtedy przeżyciem, gdy małe dzieci robią wielkie oczy. Ze zdumienia i z zachwytu. Gdy ona była dzieckiem, także pozostawała pod wrażeniem tej bajki o orientalnych królach, wielbłądzich karawanach, gwiazdach ukazujących się na niebie i o aniołach. Czasami wydawało jej się, że trzyma w zaciśniętej dłoni rąbek szaty takiego anioła. Potem otwierała dłoń, zaglądała do niej i za każdym razem okazywało się, że jest pusta...

Dzisiaj, gdy wspomina dzień ślubu z Andrzejem, przychodzi jej na myśl właśnie Wigilia. Najważniejsza Wigilia w jej życiu. Tyle że w upalnym czerwcu. Wyczekiwana o wiele bardziej niecierpliwie niż ta grudniowa. Dostojna i magiczna już na tygodnie przed nadejściem. Gdyby miała dzieci, to przede wszystkim nauczyłaby je czekać na Wigilię.

Gdy go poznała, był przygnębionym, nieufnym, pokaleczonym przeszłością czterdziestokilkuletnim mężczyzną, który się nigdy nie uśmiechał. Trwał ciągle w zobowiązaniu złożonym kobiecie, która go nie kochała. Nawet nie wie, jak miała na imię. Wie tylko, że bardzo ją kochał, że go zostawiła i wyjechała bardzo daleko. Na początku, po kilku miesiącach ich znajomości, nie chciała i nie mogła w to uwierzyć. Był zbyt dobry, aby wyobrażenie, że jakaś kobieta mogła go odrzucić i nie chcieć z nim być, mogło być prawdziwe. Tacy mężczyźni – tak jej się wtedy wydawało – muszą mieć jakąś ukrytą skazę. Dwa razy w życiu, zaślepiona swoim zakochaniem, nie dostrzegła żadnych skaz w mężczyznach, którzy ją wybrali, oszukiwali latami i porzucili.

Pierwszy był kolegą z roku, który fascynował ją, tak samo zresztą jak wszystkie jej koleżanki, tym, że był wiecznie smutny i milczący, umiał recytować wiersze, miał twarz bladego cherubinka, chodził w za dużych czarnych swetrach, czarnych spodniach, czarnych butach i zawsze wyglądał jak zamyślony, rozczochrany i rozmarzony poeta. Był przy tym wychudzony i sprawiał wrażenie opuszczonego przez swoją muzę artysty. Każda z koleżanek chciała się nim zaopiekować, nakarmić, przytulić i dowiedzieć, najlepiej w łóżku, jaka to tajemnicza tragedia kryje się za jego uroczą melancholią i zagadkowym milczeniem. Gdy wybrał ją, czuła się wyróżniona. Dopiero po roku zauważyła, że milczy, bo prawie nic nie ma do powiedzenia. Wcześniej odkryła, że oprócz zaniedbanego ubrania nie ma w nim absolutnie nic z poety i że recytuje ciągle te same dwa wiersze Poświatowskiej. Nauczył się ich na pamięć jeszcze w liceum. Poza tym najbardziej lubił, gdy kobieta się nim opiekuje. Najlepiej nieustannie. Także w łóżku. Gdy ona dawno skończyła studia, wynajęła mieszkanie i pracowała na nich dwoje, on nie zdawał kolejnych poprawek, ucząc się wieczorami i nocami w akademikach. Przez dwa lata w to wierzyła, czekała i opiekowała się nim. Któregoś dnia młoda dziewczyna podeszła do niej na ulicy i powiedziała, że to dziecko w wózku jest jego...

Drugiego poznała w firmie, w której podjęła pracę po studiach. Wydawało jej się, że zdążyła otrząsnąć się z takich bzdur jak zauroczenie i miłość. Chciała tylko czasami z kimś wyjść wieczorem, czuć, że jest dla kogoś ważna i komuś potrzebna. Był od niej dwadzieścia lat starszy, nie znał się zupełnie na poezji i nigdy nie widziała go w swetrze, ponieważ zawsze nosił garnitury. Był bardzo opiekuńczy, przynajmniej na początku, bardzo mało tajemniczy i bardzo źle wyrażał się o wszelkich artystach. Wydawało jej się, że zakochując się w nim, wystrzega się wszystkiego, co kojarzyło jej się ze „studentem". Przez trzy lata była tymczasowo „tą drugą", czekała przy nim i z nim na jego rozwód. Godziła się w tym czasie na to, że „przecież są dzieci, że to nie takie proste i że powinna ofiarować mu cierpliwość, bo jest najważniejszą kobietą jego życia". Na początku nawet wydawało jej się, że była. Pomimo to jako „najważniejsza" sama jeździła na urlopy, sama spędzała Wigilie, sama witała Nowy Rok i nie wolno jej było do niego dzwonić po osiemnastej. Jedyne noce, po których budzili się razem, spędzali w hotelach w czasie jego delegacji, na które ona „dojeżdżała". Nie zauważała przy tym, że jest egoistą i konsekwentnie zmazuje uśmiech z jej twarzy. Gdy rozniosło się w firmie, że awansował i że przenoszą go na stanowisko szefa filii w Berlinie, cieszyła się jak dziecko. Była pewna, że zabierze ją ze sobą i że naprawdę stanie się wreszcie „najważniejsza". Z obietnic, które jej składał, wynikało, że wkrótce tak będzie. Nie zabrał. Wyjechał z żoną i dziećmi. Po dwóch miesiącach przestał odbierać jej telefony i zaczął odsyłać bez żadnego komentarza jej e-maile.

Gdy poznała Andrzeja, miała trzydzieści trzy lata. Pierwsze, czego doszukiwała się w mężczyznach, to ich skazy.

Poznali się w jego gabinecie. Tego dnia czuła się bardzo źle. Każde poważniejsze przeziębienie kończyło się u niej anginą. W książce telefonicznej znalazła adres lekarza, który miał gabinet najbliżej firmy. W czasie przerwy na lunch poszła tam i usiadła w poczekalni z innymi pacjentami. Po czterdziestu pięciu minutach chciała zrezygnować. Było jej na przemian zimno i gorąco. Denerwował ją nieustannie dzwoniący telefon i na dodatek nie zabrała ze sobą żadnej książki do czytania. Kolejka zmniejszała się bardzo powoli. Była rozczarowana. Nie sądziła, że w prywatnych gabinetach lekarskich także trzeba czekać. Wstała i podeszła do biurka rejestratorki odbierającej telefony i wywołującej nazwiska pacjentów. W tym momencie otworzyły się drzwi gabinetu, z którego energicznym krokiem wyszedł wysoki, szczupły mężczyzna w rozpiętym fartuchu. Mógł mieć około czterdziestu lat. Miał ciemne, gęste, zaczesane do tyłu włosy, lekko posiwiałe na skroniach. Uśmiechnął się do niej, zatrzymując na środku poczekalni, i ruchem ręki przepuścił ją w drodze do biurka rejestratorki. Do dzisiaj nie wie dlaczego, ale impulsywnie cofnęła się i usiadła na krześle. Gdy później o tym rozmawiali, on twierdził, że to jego przeznaczenie, rozpisane na dokładny scenariusz. Miał po prostu akurat wyjść z gabinetu, gdy ona wstała z krzesła. Ona twierdziła, że to jego magiczne spojrzenie i zwykła kobieca, niewytłumaczalna dla mężczyzn, ciekawość pchnęły ją z powrotem na krzesło, żeby, jeśli trzeba, czekać nawet do wieczora i móc popatrzeć jeszcze raz w jego oczy.

Gdy w końcu przyszła jej kolej, wchodziła do gabinetu, mając czerwony od kataru nos, zaróżowione z ciekawości policzki, zapuchnięte oczy i głos alkoholiczki. Gdy osłuchiwał jej płuca – pamięta to do dzisiaj – bardziej czuła ciepło jego dłoni, odsuwającej do góry zapinkę stanika na plecach, niż chłód stetoskopu. Gdy opowiadała mu długą historię swoich chronicznych angin, patrzył jej w oczy. Nie była pewna, czy w ogóle słucha. Słuchał. I to bardzo uważnie. Zaczął mówić o związku anginy z chorobami serca. Zapytał, czy odczuwa jakieś dolegliwości, na przykład arytmię. Odczuwała, ale bardzo nieregularnie i przeważnie wtedy, gdy się odchudzała, robiąc sobie co jakiś czas tygodniowe głodówki. Tego mu oczywiście nie powiedziała. Wyszedł zza biurka, podszedł do niej i powiedział, że chciałby osłuchać jej serce.

Bez słowa wstała z krzesła i zdjęła sweter. Przez krótką chwilę wahała się. Odpięła zapinki stanika. Zawstydziła się dopiero wtedy, gdy powiedział:

– Nie, to nie jest konieczne...

Osłuchiwał ją, starając się nie dotykać dłonią jej skóry. Milczał, unikając jej wzroku. Była pewna, że widział, jak twardnieją jej sutki.

Wrócił na fotel za biurkiem. Ubierała się, gdy on robił jakieś notatki. Na koniec zapytał, jak ma na imię, chociaż mógł to odczytać z karty pacjenta. Wypisał receptę i odprowadził do drzwi. Gdy podał jej rękę na pożegnanie i gdy zauważyła, że nie ma obrączki na palcu, odważyła się i zapytała, jak on ma na imię. Żałowała, że przez katar nie mogła poczuć, jak pachnie, że była u niego w grubym swetrze, a nie w sukience, że nie umalowała się tego dnia, że swoje poprzednie anginy leczyła w osiedlowej przychodni i że na kontrolę ma przyjść dopiero za nieskończenie długi tydzień.

Wieczorem zatelefonował do niej, aby zapytać, jak się czuje. Miała wrażenie, że był zbyt nieśmiały, żeby zapytać o cokolwiek innego. Po dwóch dniach, późnym popołudniem, gdy już wszyscy wyszli z biura, odważyła się i zadzwoniła do niego. Skłamała, że zgubiła receptę. Tego samego dnia wieczorem przywiózł jej receptę do domu. Tego nie robią dla swoich pacjentów żadni lekarze! Nawet ci z najbardziej ekskluzywnych – oczywiście prywatnych – warszawskich praktyk.

– Bardzo panią przepraszam – usłyszała jego niepewny głos w słuchawce domofonu – nie chciałbym pani przeszkadzać. Mam na imię Andrzej. Jestem pani... Jestem lekarzem. Przywiozłem receptę...

Pierwszy raz w życiu cieszyła się, że mieszka na dziesiątym piętrze i że winda w jej bloku jest wyjątkowo powolna. Dzięki temu miała cztery minuty, aby uprzątnąć ze stołu w pokoju naczynia po kolacji, przebrać się w coś rozsądnego, nałożyć jakikolwiek makijaż i opanować drżenie ciała, które przyszło nagle i nie wiadomo skąd.

Otwierając drzwi po trzecim dzwonku, zapinała ostatni guzik spódnicy i poprawiała nerwowo fryzurę, patrząc w odbicie swojej okrytej rumieńcem twarzy w lustrze. Stał zawstydzony, z wyciągniętą ręką, w której ściskał receptę. Zaprosiła go na herbatę. Wymawiał się późną porą, brakiem czasu, psem, który czeka na niego sam i głodny w domu. Jednak w końcu wszedł. Nie chciał nawet zdjąć płaszcza. Usiadł w fotelu naprzeciwko niej i milcząc, patrzył na nią. Nie wiedziała, co powiedzieć. Zapytała o psa. Uśmiechnął się. Zaczęli rozmawiać. Jeszcze nigdy nie spotkała nikogo, kto potrafił tyle i tak niezwykle opowiadać o swoim psie. Po jego monologu miała wrażenie, że wie o Harrym wszystko, chociaż tak naprawdę chciała się jedynie dowiedzieć, dlaczego jego pies jest sam w domu o tej porze. Tego akurat się nie dowiedziała.

Później rozmawiali o kwiatach na parapecie w jej pokoju, o książkach, które ona czytała, a o których on nigdy nie słyszał i potrafił się do tego przyznać, o medycynie, którą zaczął studiować, gdy po roku okazało się, że prawo, na które namawiał go ojciec adwokat, ma bardzo mało wspólnego ze sprawiedliwością, o jej anginie, która jest bardzo niebezpieczna, ponieważ może prowadzić do poważnych chorób serca, o jego samotności w Warszawie, o znacznie „poważniejszych samotnościach" – tak to ujął – jego niektórych pacjentów, którzy bardziej niż internisty potrzebują psychiatry, ale mimo to pomaga im sam fakt, że ich wysłucha, porozmawia z nimi i przepisze syrop na kaszel, i o tym, że gdy mu jest najbardziej smutno, lubi jeść lody malinowe. Smutek. To słowo bardzo często pojawiało się w ich rozmowie.

Około północy zauważyła, że on ciągle siedzi w płaszczu, spod którego wystaje biały fartuch lekarski. Najpierw żałowała, że nie poprosiła go, aby usiadł obok niej na kanapie, potem, im stawało się później, tym bardziej chciała, aby zapytał, czy mógłby u niej zostać na noc.

To było zastanawiające. Nigdy dotąd jej się to nie zdarzyło i nie potrafiła znaleźć żadnego rozsądnego wyjaśnienia. Szczególnie po jej doświadczeniach z mężczyznami i postanowieniach, które podjęła. A postanowiła przecież być przede wszystkim rozsądna. Od pierwszego spotkania czuła w jego obecności nieodparte, niemal cielesne pragnienie dotyku i towarzyszące temu podniecenie. Już podczas pierwszej wizyty w jego gabinecie to czuła. To, że widziała go pierwszy raz i że jest zupełnie obcym dla niej mężczyzną, na dodatek lekarzem, jakoś nie stanowiło przeszkody. Stawała się – wystarczyło, że przez krótką chwilę patrzył na nią lub mówił do niej – najpierw nieśmiała i zawstydzona jak nastolatka, potem dziwnie i niezrozumiale niespokojna, a w chwilę później po prostu bezwstydnie lubieżna i pełna fantazji, których nie miała prawa mieć, powinna się im opierać z całych sił i się ich wstydzić.

Nie zapytał – i nie został. Gdy wychodził, poprosiła, żeby zaczekał chwilę przy drzwiach. Podeszła do lodówki i wyjęła zapakowany w folię kawałek wołowiny. Podając mu, powiedziała:

– To dla pana psa. Może dzięki temu wybaczy mi, że zatrzymałam pana tak długo.

Gdy wyszedł, usiadła w fotelu, w którym on siedział przed chwilą. Gdy minęło rozmarzenie, zaczęła rozglądać się po pokoju, szukając recepty. Najpierw sprawdziła fotel. Potem rozejrzała się po pokoju. Na ławie, obok filiżanki po herbacie, także jej nie było. Na szafce w przedpokoju też nie. Była absolutnie pewna, że nie odebrała od niego recepty. Zapomniał ją zostawić! Ucieszyła się. Gdyby recepta była jedynym powodem jego wizyty, z pewnością by ją zostawił. Miała doskonały pretekst, żeby zadzwonić do niego rano...

Nie zadzwoniła. W południe, w czasie przerwy obiadowej, pojechała do jego gabinetu i u zdziwionej rejestratorki, siedzącej za biurkiem w poczekalni, zostawiła trzy doniczki z kwiatami, które rano zdjęła z parapetu w mieszkaniu.

Przez rok od tego pamiętnego wieczoru intensywnie szukała u niego skaz. Gdy wydawało jej się, że znalazła jedną, wkrótce z przerażeniem stwierdzała, że ta skaza to nie w nim i nie jego, tylko jej i w niej samej. Nie mogła zrozumieć, dlaczego przystojny, dojrzały mężczyzna, który zaprasza ją na kolacje, słucha z nią koncertów w filharmonii, trzyma za rękę w kinie, chodzi na spacery, codziennie dzwoni, kupuje kwiaty, wie, jakie perfumy lubi najbardziej, i martwi się, gdy zapomni szalika, nie chce jej rozebrać i zrobić z nią tego, czego ona pragnęła już po kilku dniach. Któregoś późnego wieczoru, po dziewięciu miesiącach od ich pierwszego spotkania, niezapowiedziana pojechała taksówką do jego gabinetu. Usiadła w poczekalni jako ostatnia, tak jak za pierwszym razem. Była w swojej ulubionej czarnej sukience z dekoltem, miała pomalowane na wiśniowo paznokcie i pachniała podarowanymi przez niego perfumami. Młoda dziewczyna, która rejestrowała i wpuszczała pacjentów, przez cały czas patrzyła na nią z nieukrywaną podejrzliwością.

Weszła do gabinetu. Podeszła do niego i bez słowa zaczęła go całować. Po chwili odwróciła się plecami. Zsunęła powoli ramiączka sukienki. Nachylił głowę i zaczął ustami muskać jej plecy. Nie wiedział, co zrobić z rękami. Sięgnęła po jego dłonie i położyła je delikatnie na swoich piersiach. Drżał. Próbował odwrócić ją twarzą do siebie. Wydostała się z jego objęcia. Podeszła do drzwi i przekręciła klucz w zamku. Stanęła twarzą do niego obok drzwi, oparła się plecami o ścianę, opuściła sukienkę i zamknęła oczy.

Zasnęli nad ranem. Nadzy i przytuleni do siebie. Na podłodze w gabinecie.

Przez kilkanaście miesięcy po tej nocy było tak, jak sobie to wyobrażała lub raczej wyśniła: zainteresowanie, tkliwość, pożądanie, czułość, szacunek, wzajemna troska i zabieganie o siebie. Każdego dnia była pewna i jeszcze bardziej pewna nazajutrz, że jest najważniejsza. Im stawali się sobie bliżsi, tym wyraźniej znikał jego smutek. Ten smutek z początku ich znajomości, wpisany w jego życie i przeniesiony na obcowanie z nią. Obserwowała, jak jej obecność w jego życiu przywraca mu radość. To był dla niej najbardziej widoczny dowód, kim stawała się dla niego.

Nie potrafi powiedzieć, kiedy się w nim zakochała. Przez bardzo długi czas bała się takiej deklaracji, nawet gdyby miała złożyć ją tylko przed samą sobą. Pragnienie jego stałej obecności, nieustanne myślenie o nim, gdy go nie było, niepokój i nerwowość, gdy miała go za chwilę zobaczyć, tęsknota, gdy jeszcze był przy niej, ale wiedziała, że za kilka minut go nie będzie, bezwstydne fantazje i jeszcze bardziej bezwstydne dłonie pod prysznicem rano lub wieczorem... Nawet wtedy i przy tym wszystkim, co miłością już z pewnością było, broniła się przed powiedzeniem sobie: „Kocham go". Nie chciała powiedzieć tego ani sobie, ani światu, a tym bardziej jemu. Dla niej takie wyznanie było formą poddania się, niemającego wiele wspólnego z oddaniem. Była zbyt dorosła, zbyt doświadczona lub być może zbyt stara, aby przekładać epizody fizycznej intymności na rodzaj zobowiązania i przynależności do siebie, a tym bardziej na miłość. Miłość to coś o wiele więcej. Często pojawia się zupełnie nieoczekiwanie, daje o sobie znać w marginalnym wydarzeniu i bez żadnej zapowiedzi. Wielu przegapia ten moment, czekając na jakieś objawienie, warkocz komety na niebie, zapowiedź w prześnionym śnie lub przynajmniej ogromny bukiet czerwonych róż przyniesiony na kolejną randkę. Może to niesprawiedliwe, a nawet wstrętne, ale pierwszy raz pomyślała, że go kocha, gdy z serwantki w jego mieszkaniu znikła oprawiona w drewniane ramki fotografia młodej, uśmiechniętej kobiety...

W marcu, pierwszego dnia wiosny, nieoczekiwanie przyjechał po południu samochodem do jej biura, zawiózł ją do rodzinnego domu do Łowicza i poprosił o rękę. W czerwcu czekała na wigilię swojego ślubu. Dwa miesiące później sprzedali mieszkania i przeprowadzili się do jego niewykończonego jeszcze domu kilka kilometrów od Konstancina.

Przez pierwsze tygodnie po ślubie czasami budziła się nad ranem obok niego i wpatrując się w jego twarz, zastanawiała się, czy to tylko sen...

Pierwsze wspólne Boże Narodzenie postanowili spędzić we dwoje. W nocy spadł świeży śnieg. Rankiem ich pierwszej Wigilii wybiegła w koszuli nocnej i włożonych w pośpiechu kaloszach przed dom, aby to sfotografować. Misternie ułożone linie skrzącego się w promieniach słońca śniegu na gałęziach drzew, przykryte puszystą białą kołdrą grządki w ogrodzie przed domem, kryształowe sople przyklejone do rynien pod dachem. Obrazy jak ilustracje do baśni Andersena, które czytała, gdy była dzieckiem.

Miało być tak, jak pamiętała Wigilie swojego dzieciństwa. Mężczyzna stawia choinkę, nakrywa obrusem stół, zabija karpia pływającego w ocynkowanej balii w piwnicy lub w wannie w łazience i co jakiś czas, ale regularnie, „przeszkadza" kobiecie w kuchni. Kobieta w tym czasie przygotowuje dwanaście potraw. Tyle, ilu było apostołów wokół Chrystusa. Musi być karp, musi być makowiec, musi być czerwony barszcz z uszkami przyprawiony suszonymi grzybami, muszą być pierogi z grzybami i kapustą kiszoną. Musi być siano pod obrusem na stole. Takie symboliczne upamiętnienie stajenki z Betlejem. Siano przyniosła poprzedniego dnia w lnianym woreczku od sąsiada, którego gospodarstwo graniczyło z ich działką, tylko jeszcze bliżej lasu. Karp, którego od trzech dni dokarmiała cukrem, pływał w wannie. Choinkę Andrzej miał przywieźć z polany w lesie pod Łowiczem. Oprócz tej choinki było tak, jak pamiętała z dzieciństwa...

Mieszkali na przedmieściach Tomaszowa w małym, bardzo starym domu z brunatnoczerwonej cegły. Dom należał do rodziców jej matki. Na niektórych cegłach były ślady po pociskach. Dziadek z dumą opowiadał, że to jeszcze z czasów wojny. Ze wszystkich stron dom był otoczony ogrodem. Rano w Wigilię dziadek budził ją i jej brata wcześnie rano i odgarniali śnieg ze ścieżki prowadzącej do furtki. Wtedy także na gałęziach jabłoni i śliw w ich ogrodzie leżał śnieg. Potem przynosili z zamykanej na ogromną metalową kłódkę komórki za domem drewno i układali je obok pieca w kuchni. Dziadek rozpalał ogień i gdy wstawały babcia i mama, w kuchni było już ciepło i przytulnie. Mama jadła śniadanie i szła do pracy, a babcia zaczynała przygotowywać ciasta. Potem szli z dziadkiem do kościoła w Tomaszowie i na plebanii czekali w długiej kolejce, żeby kupić poświęcony przez księdza opłatek. Wracali do domu i około jedenastej dziadek przynosił z komórki choinkę i stawiał ją w ciężkim metalowym krzyżaku tuż obok białego kaflowego pieca w pokoju. Jej ojciec w tym czasie przygotowywał lampki na choinkę i przynosił z piwnicy kartony z ozdobami. Potem wszyscy razem ubierali choinkę, słuchając kolęd. Pamięta, że Wigilia była jedynym dniem w roku, kiedy dziadek i ojciec robili coś wspólnie i rozmawiali ze sobą. To także było dla niej wyjątkowe w Wigilii. Gdy była już o wiele starsza, prawie dorosła, zapytała o to swoją matkę.

– Tata kiedyś, ale tylko raz, podniósł na mnie rękę. Byłaś wtedy jeszcze bardzo malutka. Wrócił z pracy bardzo pijany i mnie uderzył. Dziadek to widział. Tata potem mnie przeprosił. I dziadka także, ale dziadek nie potrafi mu tego wybaczyć.

Nie mogła sobie tego wyobrazić, nawet nie próbowała. Pamięta tylko, że gdy dziadek umarł, ojciec podczas pogrzebu płakał na cmentarzu.

Zdążyła ze wszystkim przed pierwszą gwiazdą. Nawet gdy niebo jest zupełnie zachmurzone, tego dnia zawsze znajdzie się ktoś, kto wypatrzy tę gwiazdę. Przeważnie jest to jakieś czekające z niecierpliwością na prezenty dziecko albo ktoś, kto jest najbardziej głodny. Jeść przecież można, dopiero gdy na niebie pojawi się wyczekana pierwsza gwiazda. Czasami zastanawiała się, czy przypadkiem tajemnica zapamiętywanego na długo niepowtarzalnego smaku prostych i niewyrafinowanych wigilijnych potraw nie wynika jedynie z tego głodu, z którym siada się do stołu. Pamiętała, jak kiedyś latem, wracając z urlopu na Mazurach, w trakcie obiadu zamówiła w najlepszej restauracji w Szczytnie smażonego karpia. Wydawał jej się wtedy mdły i zupełnie bez smaku. W trakcie wigilijnej kolacji jednakże ten sam pospolity karp smakuje jak najbardziej szlachetna i wyjątkowa ryba.

Weszła do salonu i zerknęła na stół. Wszystko było gotowe do kolacji.

W sypialni przebrała się w nową sukienkę z czarnego półprzezroczystego szyfonu, poprawiła fryzurę i makijaż, nałożyła szminkę na usta. Andrzej czekał na nią przy choince. Podeszła do niego. Krótką chwilę stali w milczeniu. Sięgnął po porcelanowy talerzyk. Przełamali się opłatkiem.

– Kocham cię – powiedział, biorąc jej twarz w swoje dłonie.

Ich pierwsza Wigilia. Taka, jaką sobie wymarzyła. Gdy zapytał, dlaczego płacze, zagryzła wargi i odpowiedziała, że „szczęśliwe kobiety tak czasami mają". Podszedł z nią do stołu i wysunął dla niej krzesło, aby mogła usiąść. Zapalił świece stojące w ciężkim mosiężnym świeczniku i usiadł obok niej. Spojrzała na niego i powiedziała:

– Chciałabym, abyś wiedział, że te święta, dzisiejszy dzień... że nigdy nie byłam szczęśliwsza, niż jestem dzisiaj. Czuję się, jak gdyby to była wigilia moich urodzin. Wesołych świąt...

Zaczęli jeść. Rozmawiali, śmiali się, opowiadali o mijającym roku. Była zdumiona, gdy zaczął śpiewać kolędy. Potrafił większość z nich zaśpiewać do końca. A *Cichą noc* zaśpiewał także po angielsku i niemiecku. Ona znała – po polsku – najwyżej dwie pierwsze zwrotki, trzech, no, czterech najważniejszych i najbardziej popularnych kolęd. W trakcie pasterek lub świątecznych mszy w kościele zawsze, zazwyczaj po dwóch zwrotkach, nuciła, i tylko wtedy, gdy matka patrzyła na nią, udawała, że śpiewa je do końca.

Otworzył butelkę wina. Najlepsze chablis, jakie znalazł w Warszawie. Gdy odstawiał wypity do połowy kieliszek, zadzwonił telefon. Spojrzała na zegar stojący na kominku. Nie zdawała sobie sprawy, że rozmawiali tak długo. Był kwadrans po siódmej. W pierwszej chwili sądziła, że dzwonią jego rodzice, którzy niepogodzeni z ich decyzją znowu nie wytrzymali i po raz kolejny będą ich zapraszać do siebie „chociaż na pół godzinki, na makowiec". Po wyrazie jego twarzy rozpoznała, że to nie rodzice. Rozmawiał kilka minut. Jakaś kobieta w Konstancinie rodzi, a on jest jedynym lekarzem, którego jej mężowi udało się znaleźć w pobliżu. Jest zbyt późno, aby jechać do szpitala. Poza tym droga do Konstancina nie jest odśnieżona i zanim przyjedzie karetka, mogłoby być za późno.

Narzucił płaszcz na koszulę, chwycił swoją skórzaną torbę stojącą w przedpokoju, pocałował ją i szybkim krokiem wyszedł z mieszkania. Wybiegła za nim. Gdy wsiadał do samochodu, podeszła do bramy i zaczęła ją otwierać. Zatrzymał się na skraju zasypanej śniegiem drogi i pośpiesznie wysiadł z samochodu. Zanim podszedł do niej, otrzepał dokładnie płatki śniegu z płaszcza i twarzy. Zdjął rękawiczki, dotknął dłońmi swojej twarzy, upewniając się, że są ciepłe. Zbliżył się do niej, przytulił mocno do siebie i wyszeptał do ucha:

– A teraz natychmiast biegnij do domu. Przeziębisz mi się, taka półnaga w tej sukience. Zaczekaj na mnie z prezentami. Urodzę z nią chłopca i zaraz wracam...

Pocałował ją w usta i uśmiechając się, zsunął delikatnie dłonią płatki śniegu z jej włosów. Po chwili wrócił do auta. Zatrzasnął drzwi, opuścił okno i machając jej ręką na pożegnanie, ruszył, wzbijając tumany śnieżnego kurzu. Stała przy bramie, dopóki światła samochodu nie znikły za zakrętem.

Jadąc drogą z Konstancina, śpieszył się, aby wrócić jak najszybciej do domu. Mimo że wszystko odbyło się bez specjalnych komplikacji, poród trwał około dwóch godzin. Młoda kobieta urodziła syna. Gdy wychodził, cała rodzina stała w przedpokoju, aby podzielić się z nim opłatkiem. Staruszka o pomarszczonej twarzy, w kolorowej chuście na głowie, przełamując się z nim opłatkiem, pocałowała go w rękę. Ojciec urodzonego chłopca wyszedł z nim przed dom i pchając samochód, pomagał wyjechać z zaspy.

Kierowca śnieżnego pługa przed zakrętem szosy zepchnął śnieg na pobocze i zaparkował dokładnie za drzewem. Upewnił się, że nie blokuje drogi, wysiadł i zapalił papierosa.

Andrzej musiał zobaczyć gładką powierzchnię oczyszczonej ze śniegu drogi i zmylony czerwonymi światłami zaparkowanej w oddali ciężarówki ostro przyśpieszył.

Kierowca pługa usłyszał huk i zaraz potem trzask rozbijanego szkła. Przez chwilę słyszał wycie silnika. Potem zapadła cisza. Odruchowo wdeptał niedopałek papierosa w śnieg. Gdy podbiegł do drzewa, zobaczył stertę blachy obejmującą pień. Pulsujące światło wydobywało z mroku sylwetkę mężczyzny. Pierwsze, co zobaczył, to czerwone plamy na białej koszuli. Mężczyzna miał otwarte oczy i patrzył na niego spokojnie, poruszając powoli wargami. Kierowca pochylił się i przez otwór po rozbitej przedniej szybie wsunął ręce, kładąc je na ramionach rannego. Patrząc mu w oczy, zapytał:

– Może pan odsunąć siedzenie do tyłu?

Tamten próbował odpowiedzieć. Otworzył nawet usta, ale w tym momencie wypłynęła z nich struga krwi, spłukując odłamki szkła przyklejone do brody. Nagle we wnętrzu wraku rozdzwonił się telefon komórkowy. Ranny próbował sięgnąć do pokrytej odłamkami szkła skórzanej torby leżącej na siedzeniu obok, ale nie dał rady.

Kierowca sam nie był w stanie wyciągnąć rannego z doszczętnie rozbitego samochodu. W oddali zobaczył niewyraźną poświatę reflektorów nadjeżdżającego od strony Warszawy auta. Wrócił natychmiast do pługa i wyjechał nim na środek szosy.

Włączył światła awaryjne i przez radiostację zawiadomił operatora o wypadku.

Gdy po trzech godzinach nie wracał i nie odbierał telefonu, narzuciła płaszcz na sukienkę i wyszła pośpiesznie z domu. Z przysypanej śniegiem ścieżki prowadzącej do głównej drogi skręciła w prawo i zaczęła biec w kierunku Konstancina...

Sen

Tekst ukazał się w albumie *Sen*, National Geographic, Warszawa 2009. Są to odpowiedzi na pytania profesora Leszka Kołakowskiego.

1. Niezależnie od tego, czym kierował się Pan Bóg albo ewolucja, obdarzając nas snem, warto zastanowić się nad tym: gdybyśmy wcale spać nie potrzebowali i nawet nie wiedzieli, że coś takiego istnieje, czy życie nasze byłoby dzięki temu szczęśliwsze, czy wręcz przeciwnie?

Nie sądzę, że sen darowany nam został przez Boga lub ewolucję, nawet jeśli wielu tak myśli. Sen jest implementacją świetnego pomysłu Boga na to, aby efekt aktu stworzenia przetrwał jak najdłużej. Symulacje komputerowe wykazały, że w przypadku biochemicznego systemu, jakim jest człowiek, całkowite pozbawienie go snu dramatycznie przyśpieszyłoby proces podziału komórek. W efekcie ludzie żyliby krócej niż motyle. Profesor Kołakowski z danym mu czasem życia motyla byłby całkowicie zajęty zdobywaniem pokarmu i nie miałby czasu na filozofowanie. Zakładając jednak, że uczestniczymy w eksperymencie myślowym, który usuwa potrzebę snu u człowieka, można z dużym prawdopodobieństwem oszacować, że postęp cywilizacyjny nieustannie rozbudzonego *Homo sapiens* przesunąłby nas na skali czasu o mniej więcej jedną trzecią do przodu. Żylibyśmy w odpowiedniku roku 2700, co wcale nie napawa optymizmem, zważywszy na to, co dzieje się z ludzkością obecnie. Trudno z dużą ufnością traktować szczęście jako funkcję postępu (którego nie da się nijak zatrzymać). Generalnie jednak liczba ludzi szczęśliwych, jak pokazują badania socjologów, spada z pokolenia na pokolenie. Moim zdaniem Bóg doskonale wiedział, co robi, zobowiązując ludzi do spania...

2. Czy ludzie do nieba przyjęci, po cnotliwym życiu, także tam śpią i miewają marzenia senne, dobre lub niedobre?

Wyobrażam sobie, że alegoria przyjęcia do nieba powinna być związana z zamianą materii w energię (niektórzy nazywają ją duchem). Jako wierzący w Boga fizyk zakładam, że jest to tak samo osobliwe, jak osobliwy jest punkt czasoprzestrzeni tuż przed Wielkim Wybuchem, w wyniku którego powstał wszechświat. Osobliwość jest terminem naukowym, opisującym przypadek graniczny, i jest akceptowana przez fizyków (z konieczności, póki co).

To tak na marginesie. Jeszcze bardziej osobliwym, poza granicami wszelkich brzegów, byłby według mnie fakt, gdyby energia – w którą ludzie są zamieniani – miała sny.

3. Znasz może przypadki snów wróżebnych albo proroczych, ale nie z Biblii, lecz z własnego lub twoich bliskich doświadczenia? Jeżeli tak, opisz je proszę.

Osobiście ich nie doświadczyłem. Bardzo rzadko rano pamiętałem swoje sny w przeszłości, a obecnie zupełnie ich nie pamiętam. Często jednak stykam się z barwnymi opowieściami o takich proroczych snach. Nigdy jednak nie wydawało mi się to na tyle ważne, aby zainteresować się nimi i próbować zbadać, ile jest w nich prawdy. Gdyby jednak ktoś wyśnił prawdziwe numery totolotka i wygrał (najlepiej z kumulacją), to zajmę się wtedy tym zjawiskiem z całą należną powagą.

4. Co jest rzeczywiście rzeczywiste? Czy nasze sny albo przypadkowe złudzenia zmysłowe są rzeczywiste? (O co nas pytają wielcy filozofowie – seria I – Parmenides)

Na razie nie ma żadnych przekonujących dowodów na to, że świat, który postrzegamy, jest w całości obiektywnie rzeczywisty dla wszystkich obserwatorów. Musimy polegać wyłącznie na rachunku prawdopodobieństwa. Jest bardzo prawdopodobne (na granicy pewności), że klawiatura, na której wystukuję odpowiedź na to pytanie, rzeczywiście istnieje. Równanie Schrödingera (mechanika kwantowa) dla klawiatury na moim biurku dowodzi z dużym prawdopodobieństwem stanu jej istnienia (dotąd wszystko jasne). Gdyby jednak zamiast klawiatury zająć się na przykład elektronem, to można znaleźć takiego obserwatora i taki układ odniesienia, dla którego rozwiązanie równania Schrödingera daje wyjątkowo zaskakujący wynik: elektron istnieje i nie istnieje jednocześnie. Czyli jest w pięćdziesięciu procentach rzeczywisty i w pięćdziesięciu procentach w ogóle go nie ma. To odnośnie do pytania o „rzeczywistą" rzeczywistość. Z kolei kwestia rzeczywistości snów lub złudzeń przenosi nas do głębin mózgu człowieka i od dawna zajmuje neurobiologów i neurobiochemików. Filozofów i poetów można zignorować, ponieważ tak naprawdę pomnażają tylko pytania, nie dając konkretnych odpowiedzi (chociaż bez ich pytań nie byłoby postępu). Rzeczywistość zaczyna istnieć dla nas dopiero wtedy, gdy nastąpi proces jej percepcji i rejestracji w różnych ośrodkach mózgu. W większości przypadków rejestrujemy ją poprzez zmysły (obraz, zapach, dotyk, smak etc.), co bezpośrednio przekłada się na uaktywnienie skupisk neuronów w mózgu.

Dokładnie takie samo uaktywnienie i dokładnie w tych samych miejscach rejestrują tomografy skanujące mózg osób, które nic nie widzą, nic nie słyszą, niczego nie dotykają, jednak wyobrażają sobie pewne obiekty lub zdarzenia. Zapachy Wigilii z dzieciństwa są tak samo rzeczywiste i u dzieci, które narządem nosowo-lemieszowym akurat wciągają je do nosa, i u staruszków, którzy już dawno stracili węch i mogą jedynie ze wzruszeniem je sobie przypominać.

5. A może potrafimy prawdziwie, w tym zobojętnieniu, szczęście własne znajdować i czy wzbogacamy życie nasze, nie zaś wysuszamy je i odzieramy z pełni możliwej?
(O co nas pytają wielcy filozofowie – seria I – Epiktet)

O zobojętnieniu pisał już Platon (około 400 lat przed Chrystusem) i o zobojętnieniu pisała wczoraj, ponad 2000 lat później, pewna dziennikarka w „Rzeczpospolitej". Platon pisał o wiele dramatyczniej, chociaż nie miał dostępu do telewizji CNN, Internetu i nigdy nie był w Etiopii, skąd dziennikarka relacjonowała kolejną tragedię suszy i głodu. Ja osobiście odkrywam w sobie udrękę zobojętnienia już wtedy, gdy skończą mi się drobne i spotykam w Warszawie lub we Frankfurcie kolejnego żebraka przemawiającego swoim błagalnym spojrzeniem do mojego sumienia. Zobojętnienie jest tak stare jak jego bliźniacza siostra empatia. Gdyby ludzie nie byli obojętni, nie powstałyby religie. Potrzeba wytłumaczenia sobie świata w oparciu o *sacrum* (religia), a nie poprzez myślenie i wnioskowanie (filozofia), zatrzymałaby ludzkość na etapie pogańskich kultów wszystkiego, co niezrozumiałe. To grzeszna natura człowieka i wynikające z niej zobojętnienie na krzywdy innych, moim zdaniem, spowodowały konieczność ustanowienia pewnego kodeksu i zagrożenia sprawiedliwą dla wszystkich karą wymierzaną przez jakiś ostateczny, wszystkowiedzący sąd.

Kto potrzebowałby nowego Chrystusa, gdyby wszyscy byli Chrystusami? Znajdowanie szczęścia stało się ostatnio zajęciem kultowym. Ludzie szczęśliwi tylko z tego powodu, że budzą się rano, są zdrowi, mają bliskich wokół siebie i cieszą się smakiem truskawek z własnego ogródka, są powoli sprowadzani do grupy nieudaczników bez ambicji: „wysuszyli się i odarli z pełni możliwej". Szczęście zostało zdefiniowane ostatnio inaczej. Dzisiejszemu człowiekowi wmawia się ze wszystkich stron, że nie wolno mu zatrzymać się w poszukiwaniu szczęścia. Czy jeśli każdego dnia, każdego miesiąca i każdego roku nie wydarzy się coś „większego" lub „ważniejszego", to znaczy, że utraciliśmy szczęście? Mam wrażenie, że taki perwersyjnie nieprawdziwy model, narzucany przez media, powoli wkrada się do naszego życia. To samo szczęście następnego dnia staje się tak nikomu niepotrzebne jak wczorajsza gazeta...

6. *Czy zwykłe emocje ludzkie, włączając litość i czułość, smutek i radość, nie są świadectwami życia naszego w różnorodności prawdziwego świata, ale po prostu dowodami naszej niedojrzałości i ignorancji?*

Większość i niedojrzałych, i ignorantów ma chroniczny problem z własnymi emocjami. Czują się zobowiązani do odczuwania nieustannej radości, a nieustannie radośni ludzie są rzadkimi przypadkami nawet w zamkniętych zakładach psychiatrycznych. W „różnorodności prawdziwego świata" dominującą i permanentną emocją jest, moim zdaniem, smutek. Czułość jest przeważnie jego chwilową, przyjemnie romantyczną pochodną, a litość odpowiedzią na nękającą sumienie wiedzę, że komuś może być jeszcze gorzej i smutniej. Emocje w całym swoim widmie, od nienawiści, poprzez smutek, melancholię, wzruszenie, czułość, empatię, spokój, radość, entuzjazm, aż po euforię, są najważniejszymi dowodami naszego człowieczeństwa. Aleksytymia, polegająca na niezdolności do odczuwania lub/i wyrażania emocji, jest chorobą, a nie dowodem niedojrzałości i ignorancji.

7. A może spokój niewzruszony ducha, gdyby był osiągalny, stałby się najdoskonalszą formą życia?
(O co nas pytają wielcy filozofowie – seria I – Sekstus Empiryk)

Także się nad tym zastanawiałem. Spokój oznacza pewien rodzaj letargu, pokornej akceptacji wszystkiego, co daje nam świat. Niewzruszony spokój to absolutny konformizm. Absolutnie spokojne są ameby. Od początku ewolucji takie same. Nie chciałbym być amebą...

Test

Opowiadanie *Test* ukazało się w zbiorze *10 x miłość*,
Świat Książki, Warszawa 2005.

środa, 18 sierpnia

Myślisz, że wspomnienie rozbite na tysiąc kawałków przestaje być wspomnieniem? A może ma się wtedy zamiast jednego tysiąc wspomnień? Jeśli tak, to myślisz, że teraz każde z tego tysiąca będzie bolało z osobna?

Wczoraj wieczorem wszedł do naszej sypialni. Do naszej... Nie potrafię, mimo wszystko, myśleć o tym miejscu inaczej. Wiesz, że od testu – to już czternaście godzin i dwieście osiemdziesiąt dwa dni – był w tym pokoju tylko dwa razy? Pierwszy raz wtoczył się pijany z resztkami whisky w butelce poplamionej strużkami brunatnej zaschniętej krwi, usiadł na brzegu łóżka i bełkocząc, powtarzał swoją mieszaniną hiszpańskiego i angielskiego: *Tu eres una fucking puta, tu eres...* Dokładnie tak samo jak pogardzany przez niego własny ojciec, który przyjechał do Stanów czterdzieści trzy lata temu. Mimo że nigdy nie nauczył się angielskiego, gdy się upijał i zaczynał wymyślać swojej żonie, to hiszpańskie wulgarne *puta* (kurwa) wzmacniał angielskim *fucking*. Wydawało mu się, że w ten sposób bardziej ją poniży. Jego syn, a mój mąż, nie mógł mnie tego dnia już bardziej poniżyć. Ani on, ani nikt inny. Sama czułam się jak cuchnący odorem moczu uliczny hydrant obwąchany i obsikany przez zgraję zapchlonych bezpańskich psów. I wydawało mi się, że zasłużyłam na to, że powinnam się tak czuć. On znał mnie zbyt dobrze, aby tego nie wiedzieć. Gdy zauważył, że powtarzanie na przemian *fucking puta* i *fucking kurwa* nie doprowadza mnie do jeszcze bardziej spazmatycznego płaczu – nie miałam już w sobie po prostu więcej łez – dopił resztkę whisky z butelki, wyrzucił ją przez zamknięte okno sypialni, rozbijając w drobny mak podwójną szybę, i ściskając mi ręce w nadgarstkach, zbliżył twarz do mojej. Patrzył mi w oczy i powtarzał, jak bardzo mnie nienawidzi. Najpierw spokojnie, syczącym szeptem, niemalże literując każde słowo, z białą, gęstą pianą zbierającą się w kącikach ust, aby później wykrzyczeć to ogłuszającym, jękliwym, histerycznym głosem po angielsku, niemiecku i hiszpańsku. Na koniec wyjął z kieszeni spodni kartkę i czytał z niej po polsku. Napisał na niej „Nienawidzę cię" kilkadziesiąt razy. Stał nade mną, butami rozsuwając moje uda, i czytał mi na głos z kartki, podczas gdy ja, siedząc skulona na podłodze obok nocnego stolika, broniłam się, wymachując na oślep rękami przed każdym jego „nienawidzę cię", jak przed ciosem. Nawet nie zauważyłam momentu, gdy przestał czytać i wyszedł z pokoju. Sama powtarzałam jak echo „nienawidzę cię", uderzając miarowo głową o ścianę. Nie pamiętam dzisiaj, kogo wtedy miałam na myśli. Jego czy siebie? Może kulawą sprzątaczkę ze szpitala? A może Boga?

Byłam pewna, że on także już nie pamięta, iż to mnie nienawidził tamtego wieczoru. Ze wszystkich uczuć to właśnie nienawiść odurza najbardziej. Bardziej niż zwierzęce pożądanie i bardziej nawet niż przedawkowane LSD. To, co prawnicy finezyjnie nazywają zbrodnią w afekcie, tak naprawdę jest zbrodnią z nienawiści. Przy tym ze wszystkich emocji jest ona najbardziej krótkotrwałym stanem, jaki rejestruje się w eksperymentach na ludziach sprowokowanych do nienawiści i których głowy wepchnięto do rury połączonej z tomografem analizującym aktywność ich mózgów.

Obszary odpowiedzialne za pamięć, za przetwarzanie obrazów i dźwięków, za tożsamość i za logiczne myślenie były całkowicie zaciemnione, jakby zupełnie wyłączone. Nienawidzący człowiek jest bezrozumnym, rozjuszonym głuchym ślepcem. Cały tlen z krwi dopływającej do nienawidzącego mózgu pobierają te ośrodki, które kojarzone są z emocjami i instynktami. Na ekranach tomografów były rozpalone do białości. Gdy po zakończeniu wojny w Jugosławii pytano chorwackich żołnierzy bestialsko torturowanych przez Serbów podczas przesłuchań, kto ich torturował, nie mogli sobie przypomnieć nawet tego, czy była to kobieta, czy mężczyzna. Nienawiść całkowicie wykasowała zapisy szczegółów w ich pamięciach. Jedyne, co pamiętali, to uczucie bezgranicznej nienawiści, nie potrafiąc jednocześnie skojarzyć jej z żadną konkretną osobą.

Drugi raz przyszedł do sypialni wczoraj wieczorem. Czekałam na to przez dwieście osiemdziesiąt dwa wieczory. Ponad dziewięć miesięcy nie słuchałam muzyki, aby móc usłyszeć jego kroki. I tak nie usłyszałam ich wczoraj. Potrzebował jakichś dokumentów z sejfu, który jest wbudowany w ścianę za drzwiami sypialnianej szafy. Leżałam w bieliźnie na łóżku, udając – jak zawsze – że czytam książkę. Przechodząc obok, spojrzał na mnie jak ginekolog przed zamknięciem swojego gabinetu po całym dniu pracy. Chciałby iść już do domu, a tutaj wchodzi pomarszczona staruszka z upławami. To nie była odurzająca nienawiść. To była odraza.

Od wczoraj już nie czekam. Gdy zatrzasnął za sobą drzwi sypialni, wstałam z łóżka, narzuciłam na siebie szlafrok i z garażu przyniosłam największy młotek, jaki znalazłam w jego szafce z narzędziami. Wyjęłam płytę z odtwarzacza CD, który stoi na moim nocnym stoliku, i położyłam ją na parkiecie pod oknem. Zanim uderzyłam pierwszy raz... to był najgorszy moment, Agnisiu... podniosłam ją z podłogi i na kolanach wróciłam do łóżka. Chciałam jej jeszcze raz wysłuchać. Ostatni raz. Coś w rodzaju ostatniego papierosa przed egzekucją. Ostatnie zaciągnięcie się... wspomnieniem. Słuchałam wprawdzie muzyki, ale ona była tylko tłem. Wyraźniej słyszałam wspomnienia...

Nie zauważyłam, kiedy wszedł wtedy do kuchni. Myłam liście sałaty na naszą kolację, nucąc coś pod nosem. Chciałam, aby wszystko było gotowe, gdy przywiozę go z lotniska. Nakryty stół, jego ulubione astry w wazonie, czerwone wino oddychające w karafce, truskawki posypane wiórkami kokosowymi i skropione amaretto, pachnące wanilią świece w łazience, moja nowa fryzura, moja nowa bielizna, moje nowe fantazje, moje... Wszystko.

Miał przylecieć do Krakowa wieczornym samolotem z Berlina. Znalazł jakieś wcześniejsze połączenie przez Kolonię. Spędził dziewięć godzin na lotnisku w Kolonii, aby być dziewięćdziesiąt minut dłużej ze mną w Krakowie. On nie mierzył czasu latami swojego życia. On mierzył go czasem swoich przeżyć. Były dla niego jak dotyk prawdy. Potrzebował ich, aby nie zwariować i aby czuć, że całe to zamieszanie ma sens. Dla przeżyć zatrzymywał się w swoim powierzchownym pędzie do przodu, by nabrać sił przed dalszą drogą. Czasami były to tylko minuty. Kolekcjonował przeżycia tak jak inni kolekcjonują obrazy lub figurki aniołów. Przez długi czas, gdy traciłam z nim kontakt na więcej niż dwanaście godzin, drżałam ze strachu przed powracającą myślą, że będę, lub nawet już jestem, tylko jednym z aniołów w jego kolekcji.

Stanął za mną. Ustami i językiem dotknął mojej szyi, zakładając mi słuchawki na uszy. Potem odwrócił mnie do siebie, nacisnął przycisk w odtwarzaczu i wepchnął obie dłonie za pasek moich dżinsów. Z rozkrzyżowanymi ramionami i ściśniętymi w pięści dłońmi ociekającymi wodą stałam przytulona do niego, poddając się temu, co robi. Osłupiała, zasłuchana, zacałowana...

Miłość to więcej niż zwykły pocałunek,
to więcej niż zwykłe połączenie...

Można warg dotykać, muskać je, ssać, gryźć, podnosić językiem, można je zamykać swoimi ustami, aby za chwilę je otworzyć, rozewrzeć, spulchnić lub mocno zacisnąć. Można koniuszkiem języka cierpliwie i dokładnie namaszczać śliną ich brzeg. Można przygnieść je do dziąseł, smakować, zwilżyć lub zamoczyć swoją śliną, aby zaraz potem osuszyć wydychanym powietrzem. Można je obejmować szczelnie swoimi wargami, po chwili zwolnić uścisk, otworzyć na oścież, rozsunąć zęby, wyssać język na zewnątrz i przygryzać go delikatnie. Można go potem wepchnąć do środka, przycisnąć do dolnego podniebienia i dotykać swoim językiem wybrzuszenia dziąseł nad każdym zębem po kolei, można dotknąć nim górnego podniebienia i zatrzymywać na każdym jego zgrubieniu, można... Można zwariować przy tym. Albo się zakochać. Gdy dzisiaj zastanawiam się, kiedy tak naprawdę zaczęłam go kochać, to zawsze przychodzi mi do głowy te pięć minut i czterdzieści jeden sekund. Odwołał trzy spotkania w Berlinie, zapłacił niebotyczne sumy, wybierając lot przez Kolonię, aby przeżyć ze mną pięć minut i czterdzieści jeden sekund pocałunku, który sobie wymarzył, słuchając przypadkowo pewnej piosenki w taksówce z lotniska Tegel do centrum Berlina. Wpychał mi do uszu muzykę i słowa, które opowiadają miłość ostateczną, i ustami „czynił mnie swoją".

Mógłbym przez cały dzień opowiadać o tobie.
Nie wymawiając ani razu twojego imienia.
Nic nie da się porównać z tobą,
nic nie jest tak piękne jak ty.
Każdy twój ruch, każda godzina z tobą...
Nie znam niczego tak pięknego jak ty
Nie znam niczego...
Ich kenne nichts, das so schön ist wie du...
Ich kenne nichts...

Ustami czynić swoją, naznaczyć cię sobą...

Gdy nie było już żadnych więcej „można" dla moich ust, rozpiął pasek moich spodni, zrzucił je z majtkami na podłogę i posadził mnie na parapecie okna, klękając przede mną. Można warg dotykać, muskać je, ssać, bardzo delikatnie gryźć, rozsuwać językiem, zamykać swoimi ustami, aby za chwilę je otworzyć, rozewrzeć, wepchnąć język do wnętrza. I nie przerywać ani na chwilę. Można. I można przy tym zwariować. Przestać na chwilę oddychać z braku tchu. Przestać myśleć, przestać pamiętać i zacząć tylko czuć. Pozbyć się resztek wstydu i otworzyć się jeszcze bardziej. Na oścież. Jak muszla z perłą. Różową perłą. Nie żadną pospolitą, białą. Różową, wilgotną perłą wypchniętą nadmiarem pulsującej w niej krwi na zewnątrz. Poczuć tam dotyk języka i zacząć na nowo oddychać. Łapczywie, aby móc krzyczeć. Oszaleć. Jeszcze bardziej...

Ustami czynić swoją... Sam tak to nazwał.

Nad ranem, w ciszy mroku, wyczerpana po całej nocy, przytulona piersiami do jego pleców wsłuchiwałam się w jego spokojny oddech, broniąc się zaciekle przed snem, który mógł odebrać mi kilka świadomych godzin jego obecności. Gdy szarość świtu zaczęła przedostawać się do wnętrza szparami w żaluzjach, wstałam ostrożnie, odklejając się od niego. Obudziłam go muzyką wypełniającą szeptem sypialnię...

Ich kenne nichts, das so schön ist wie du...
Ich kenne nichts...

Wróciłam do łóżka, gdy nie otwierając oczu, zaczął wymawiać moje imię i niecierpliwie szukać mnie obok siebie. Wtedy zapytałam go o wczorajszy wieczór w kuchni.

– Czynię coś swoim dopiero wtedy, kiedy to „coś" zjem – powiedział z uśmiechem, dotykając dłonią mojej twarzy. – Świat ust, doznania przez zmysł smaku są dla mnie znacznie bardziej bezpośrednie niż poprzez świat wzroku, słuchu, a nawet dotyku. Chciałbym cię w ten sposób, ustami, uczynić swoją, naznaczyć cię sobą...

Odgarnął mi włosy z twarzy i zaczął mnie całować.

Dwie godziny później, gdy on siedział w samolocie do Mediolanu, ja wypełniałam do ostatniego wolnego bajtu płytę kompaktową, kopiując tę piosenkę. Udało mi się zmieścić na płycie dziewiętnaście powtórzeń. Dziewiętnaście razy po pięć minut i czterdzieści jeden sekund wspomnień. Gdy było mi źle, gdy histerycznie tęskniłam, gdy godzinami wpatrywałam się w telefon, który nie dzwonił, gdy w Internecie sprawdzałam na wszystkich możliwych lotniskach świata, czy jego samolot wylądował, gdy wieczorami godzinami wysiadywałam na parapecie w kuchni, nie mogąc zmusić się nawet do tego, aby otrząsnąwszy się z paraliżującego smutku, przejść tych kilkanaście kroków do łóżka w sypialni, wtedy ta płyta pomagała mi najbardziej. Czasami, gdy nie mogłam z różnych powodów w różnych miejscach jej słuchać, wystarczało mi, że wyjmowałam ją z torebki i opuszkami palców delikatnie dotykałam jej błyszczącej powierzchni.

Nawet to mi pomagało. Pomagało. Do wczoraj...

Wysłuchałam jej całej. Do ostatniego taktu w ostatnim dziewiętnastym powtórzeniu. Dziewiętnaście razy żegnałam się z nią. To wcale nie było jak ostatni papieros przed egzekucją. To była egzekucja. Tyle że wykonywana w dziewiętnastu ratach. Za każdym razem bolała bardziej. Ale na końcu naprawdę nienawidziłam! Dokładnie tak jak ten rozjuszony głuchy ślepiec. Wstałam z łóżka, przeszłam do prostokątnego wykuszu, położyłam krążek na parkiecie i zaczęłam tłuc w niego młotkiem. Potem, raczkując na kolanach po parkiecie, znajdowałam za duże moim zdaniem kawałki i rozbijałam je na mniejsze. W końcu usiadłam na środku wykuszu, wyjęłam z pokrwawionych kolan odłamki, które się w nie wbiły, ułożyłam je jeden obok drugiego i uderzałam tak długo, aż został z nich metalizowany, czerwonawy od krwi, proszek. Musiał słyszeć te ogłuszające uderzenia młotka, siedząc w pokoju obok. Nie przyszedł...

Płakać zaczęłam dopiero dzisiaj rano, gdy po przebudzeniu zobaczyłam młotek leżący obok mnie na jego poduszce i plamy pozostawione na pościeli przez moje poranione kolana. Myślałam, że nie potrafię już tak płakać, tak jak na początku, nieomal do „utraty wzroku", jak to kiedyś nazwałaś. Wydawało mi się, że to skończyło się w kilka miesięcy po teście. Płakałam nie z powodu tych plam i nawet nie z powodu surrealistycznego widoku młotka, z którym przespałam się w jednym łóżku. Płakałam nad sobą. Nad tym, że zabolało mnie tak bardzo, iż on nie wszedł do sypialni nawet wtedy, gdy robiłam z niej kuźnię. Czując odrazę, czuje się. Przy obojętności nie czuje się absolutnie nic.

Nie uwierzysz, ale ta płyta ciągle jest we mnie. Tym razem dosłownie we mnie. Nawet jeśli postanowiłam nie nosić jej w pamięci, to i tak ciągle noszę ją... pod skórą! To chyba najbardziej tandetne – mimo że symboliczne – zakończenie tej historii. Gdy brałam prysznic, poczułam piekący ból w kolanach. Po zmyciu plam z krwi okazało się, że małe odłamki rozbitej płyty dostały się pod skórę. Zaczekam, aż zagoją się rany i zadrapania. Potem nałożę na kolana specjalny preparat do głębokiego peelingu i zedrę raz na zawsze skórę wraz z odłamkami. Przekazałabym wszystkie swoje oszczędności na badania nad takim peelingiem... mózgu. Zaczekałabym, aż zagoją się rany, nałożyłabym całą tubę żelu i po jego stwardnieniu zdarłabym jednym ruchem wszystkie odłamki pamięci o nim.

Tylko kiedy? Kiedy tam zagoją się moje rany?

czwartek, 19 sierpnia

Śniłam dzisiaj! Nareszcie śniłam. Wyobrażasz to sobie?! Obudziłam się z wargami przyciśniętymi do tapety na ścianie i dłońmi ściśniętymi kurczowo między udami i pamiętałam swój sen. Pierwszy raz od testu znowu śniłam...

Po teście z dnia na dzień, a raczej z nocy na noc po prostu przestałam śnić. Tak jakby ktoś w mózgu skalpelem przeciął wszystkie połączenia między moją podświadomością i tymi zwojami mózgu, które przekładają wyładowania elektryczne w neuronach na fabuły snów w obrazach, dźwiękach i zapachach. Psychoterapeutka, która przyjeżdżała wtedy każdego dnia do mnie – ja nie byłam w stanie włączyć kuchenki mikrofalowej, a co dopiero prowadzić samochód – twierdziła, że to dobrze i powinnam się cieszyć, iż mój mózg, w samoobronie, zareagował poprawnie, i że to bardzo typowe w przypadku takiej traumy. Twierdziła, że w snach kontaktujemy się z tą częścią nas, która sprawia ból.

– A pani nie ma takiej części, która panią teraz nie boli, prawda? Pani sny nie różniłyby się niczym od tego, co przeżywa pani na jawie, a to, co pani przeżywa, jest koszmarem, prawda? Chciałaby pani nieustannie, także w nocy, czuć wściekłość, gniew, zawiść, lęk, poniżenie czy nienawiść? Chciałaby pani?

Nie chciałam. Ale to nie znaczy, że się z tym pogodziłam. Nie dość, że nie żyłam w dzień, to byłam także oddychającym trupem w nocy. I to ja! Ja, która od dzieciństwa w snach przeżywałam swoją drugą, wielokrotnie ciekawszą, biografię.

Śniłam Leśmiana. Siedzieliśmy, dotykając się ramionami, na schodach, plecami do ołtarza, w małej kapliczce, chyba w Portugalii. Tak, to musiało być w Portugalii. Tylko tam widziałam tak małą kapliczkę. Kiedyś Enrique ściągnął mnie na weekend do Lizbony. W niedzielę rano pojechaliśmy do Vila Nova de Milfontes, małej miejscowości, w zasadzie wsi, na atlantyckim wybrzeżu Portugalii. On zna wszystkie takie niesamowite miejsca na świecie. Na skalistym stromym wzgórzu tuż przy balustradzie, z której można było oglądać Atlantyk, stał malutki, śnieżnobiały budynek z krzyżem i niewielką wieżyczką z dzwonami. Był tak mały, że w pierwszej chwili wydawało mi się, iż albo jestem w Legolandzie, albo na Złotej Uliczce w Pradze. Gdy weszliśmy do wnętrza, grupa staruszek w takich samych czarnych sukniach i identycznych czarnych chustach na głowie na głos odmawiała modlitwę.

Leśmian, to na pewno był Leśmian. Wyraźnie pamiętam jego twarz. Orli ogromny nos, wysunięta broda, siwe włosy przyklejone do wysokiego czoła. W czarnym garniturze i białej koszuli poplamionej na kołnierzyku zaschniętą krwią. Siedzieliśmy na schodach przed ołtarzem w milczeniu, godzinami, patrząc sobie w oczy. U naszych stóp na kamiennej posadzce kościoła bawiła się szmacianymi lalkami mała dziewczynka o twarzy staruszki. Ubrana była w czarną suknię i miała czarną chustę na głowie. Posadziła wszystkie lalki w szeregu przed sobą i podawała im do zaszytych grubą nicią szmacianych ust komunijne opłatki. W pewnym momencie Leśmian zaczął głaskać moją gipsową dłoń i recytować swoje wiersze.

Wargami u piersi twych zdroju,
modlę się o twojego nieśmiertelność ciała...

Wtedy go spoliczkowałam. Nie miałam ciała, nie miałam piersi! Kłamał. Uderzyłam go z wściekłością gipsową ręką, która rozpadła się na tysiąc kawałków. Dziewczynka przestraszyła się i wysypała z pucharu opłatki na posadzkę kościoła. Gdy szmaciane lalki zaczęły się śmiać, rozrywając nici zamykające ich usta, obudziłam się.

Boże, zaczynam wracać do życia! Mój pierwszy sen!

Piękny, Agnieszko, prawda?!

Około osiemnastu miesięcy wcześniej...

sobota, 25 stycznia

Jest bardzo stary. Ma czterdzieści pięć lat i zmarszczki wokół oczu. Ma nawet już pasemko siwych włosów nad prawą skronią. To jest moje najbardziej ulubione miejsce na jego głowie. Ma także najdłuższe palce u dłoni, jakie kiedykolwiek widziałam u mężczyzny. Jego lewy policzek przecina niewielka poprzeczna blizna, która znika, gdy przykryje ją zarost. Kiedy jest zamyślony, mruży oczy i nerwowo skubie włosy nad czołem. Pachnie inaczej rano i inaczej wieczorem. Rano czułam cytrusy, wieczorem coś ciężkiego, bardzo orientalnego. Wolę ten wieczorny zapach. W ogóle jego całego wolę wieczorem. Mówi cichym głosem, bardzo powoli. Niekiedy zbyt cicho i zbyt powoli jak dla mnie.

Stara się ze mną rozmawiać po niemiecku, ale czasami, gdy brakuje mu właściwych słów, przechodzi na angielski. Kiedy telefonuje, często rozmawia po hiszpańsku, wtrącając angielskie słowa. Szczególnie przekleństwa. Za każdym razem przeprasza mnie za to. Mimo to nie wyłącza nigdy telefonu komórkowego, gdy jesteśmy razem. Nie wyłącza trzech telefonów komórkowych, bo przy sobie ma zawsze trzy telefony. Najpierw – „najpierw" brzmi chyba trochę bez sensu, bo znamy się dopiero czternaście dni – mnie to bardzo drażniło, teraz się przyzwyczaiłam. Przy mnie odbiera tylko jeden z nich. Dwa pozostałe ignoruje. To już coś, prawda?

Ma malinowoczerwone szerokie wargi, które często zagryza lub dyskretnie oblizuje. Nie wiem, czy on to zauważa, mam nadzieję, że nie, ale czasami wpatruję się w te wargi, jak w wypełnione sokiem maliny, których chciałabym skosztować. Jadłaś kiedyś maliny w styczniu? Ja także nie. Jeszcze nie...

Nie wiesz jeszcze, ale to, że go poznałam, zawdzięczam wyłącznie Tobie. Gdybyś nie zadzwoniła do mnie dwa tygodnie temu w sobotę, nigdy nie dowiedziałabym się o jego istnieniu. Zadzwoniłaś, gdy byłam już w drzwiach gotowa do wyjścia na korepetycje. Nawet nie wiem, dlaczego nie zignorowałam tego telefonu. Dzisiaj wierzę, że to było przeznaczenie, a nie przypadek. Pamiętasz? Zdyszana powiedziałam, że jestem „na wylocie", a Ty jeszcze bardziej zdyszana powiedziałaś mi, że Maćkowi wyrżnął się pierwszy ząb. Chciałaś mi o tym koniecznie opowiedzieć. Przerwałam Ci. Obiecałam oddzwonić wieczorem. Nie oddzwoniłam. Wieczorem o tym, że na świecie są telefony, przypominały mi tylko te idiotyczne nokie brzęczące od czasu do czasu w jego kieszeni. Ale nie skojarzyłam tego ze złożoną Ci obietnicą. Ja tego wieczoru generalnie niewiele kojarzyłam.

Po rozmowie z Tobą wybiegłam przed dom i za przejściem dla pieszych zaczęłam histerycznie machać ręką, aby zatrzymać taksówkę. Nie znoszę się spóźniać na korepetycje. Jakiś kierowca idiota, nie zważając na ogromne kałuże po roztopionym śniegu, jechał tak szybko i tak blisko krawężnika, że w jednej chwili mój nowy jasny płaszcz wyglądał jak ścierka, którą zmyto posadzkę Dworca Centralnego. Plamy z błota i brunatnej wody miałam także na twarzy i we włosach. Ze złości chciało mi się płakać. Nawet nie zauważyłam, że ten samochód zatrzymał się kilkadziesiąt metrów dalej, a potem pomimo trąbienia cofał się do miejsca, w którym stałam. Najpierw wysiadł kierowca. Pokornie mnie przepraszał. Zaczęłam krzyczeć i go wyzywać. Już dawno nie wyrzuciłam z siebie tylu przekleństw, ile w ciągu tej jednej minuty. Po chwili zauważyłam, że za mną stoi drugi mężczyzna i próbuje coś powiedzieć. To był Enrique. Malinowoczerwone usta, zmarszczki wokół oczu, siwy kosmyk nad prawą skronią...

Na niego także zaczęłam krzyczeć. Stał ze spuszczoną głową, jak mały chłopiec przyjmujący naganę na obozie harcerskim. W pewnym momencie przerwał mi i zapytał po angielsku, czy zgodzę się, aby jego firma przejęła koszty „renowacji pani płaszcza i pokryła wynikające z tego incydentu straty pani drogocennego czasu". Najpierw myślałam, że kpi ze mnie, po chwili zrobiło mi się wstyd. Zwymyślałam niewłaściwego faceta! Jednego auta nie może prowadzić dwóch kierowców. Nie chciałam żadnej renowacji. Chciałam na korepetycje. Uczyłam niemieckiego sześciu dyrektorów i trzech wicedyrektorów najbogatszych krakowskich firm. Płacili mi za kilka godzin w cztery soboty tyle, ile za miesiąc dostawałam na uczelni. Nie chciałam stracić tej żyły złota.

Zapytałam go, czy mnie podwiozą do Nowej Huty. Zanim odpowiedział, wyciągnął telefon komórkowy i zaczął z kimś rozmawiać. Zrozumiałam, że przekłada jakieś spotkanie o cztery godziny. Nie miał pojęcia, gdzie jest Nowa Huta, albo pomylił ją z Nowym Targiem i wolał nie ryzykować kolejnego spóźnienia. Rozczulił mnie tym.

W samochodzie zdjęłam płaszcz i próbowałam doprowadzić go do porządku. Wyjął z kieszeni plik chusteczek higienicznych i razem ze mną zaczął usuwać plamy z błota. Tym rozczulił mnie jeszcze bardziej. Gdy wyciągnęłam lusterko i usiłowałam pozbyć się resztek zaschniętego błota z włosów i twarzy, zapytał, czy mógłby służyć mi pomocą. Odwrócił się w moją stronę i trzymał lusterko. Wtedy pierwszy raz zauważyłam, że jego oczy są bardziej błękitne niż jego koszula. I że ma bliznę na lewym policzku, i że ma najdłuższe palce świata. Gdy schowałam lusterko do torebki, po raz pierwszy tego dnia pożałowałam, że nie zdążyłam rano nałożyć makijażu, pomalować paznokci i spryskać włosów i nadgarstków moim nowym Guccim II. Przez jakiś czas jechaliśmy w milczeniu. Czułam, że mnie obserwuje. W pewnym momencie przysunął się do mnie, ściszył głos i wyszeptał:

– Przepraszam, ale obawiam się, że włożyła pani sweterek na lewą stronę.

Miał rację. Szwy swetra były na wierzchu. Zrobiłam się czerwona ze wstydu. Ale tylko na krótką chwilę. Wyobraziłam sobie, jak czułabym się, zauważywszy tę gafę po lekcjach dla tych wszystkich dyrektorów i wicedyrektorów. Uśmiechnęłam się do niego. Bez wahania zdjęłam sweter przez głowę i powoli przekładałam go na właściwą stronę. Wybrałam zły – a może najlepszy? – moment. Kierowca musiał gwałtownie skręcić. Siła odśrodkowa popchnęła mnie na niego. Wtedy pierwszy raz poczułam zapach cytrusów i jego dłonie na moim ciele. Zadziwiło mnie, że wstydziłam się szwów na swetrze, a nie wstydziłam się tego, że siedzę w samochodzie w samym tylko staniku z dwoma zupełnie obcymi mężczyznami. Po chwili spokojnie wciągnęłam sweter i poprawiłam włosy. Gdy wjeżdżaliśmy do Nowej Huty, sięgnął do kieszeni marynarki i podając mi swoją wizytówkę, powiedział:

– Rachunek za czyszczenie płaszcza proszę bez wahania wysłać na mój adres. Zajmę się nim natychmiast po powrocie do Bostonu.

Nie wiedziałam, czy żartuje, czy mówi poważnie. Nie będę wysyłać do Bostonu rachunku na trzydzieści złotych z osiedlowej pralni chemicznej na rogu. Chyba oszalał!

Nie skomentowałam jednak tego. Skinęłam głową i wsunęłam jego wizytówkę do torebki.

Zupełnie nie miałam ochoty wysiadać z samochodu pod szkołą w Nowej Hucie. Byłam zaintrygowana tym mężczyzną. I rozczarowana także. Nawet nie zapytał, jak mam na imię. Wysiadł pierwszy, otworzył drzwi po mojej stronie i odprowadził mnie pod schody prowadzące do szkoły, niosąc mój płaszcz. Im bardziej zbliżaliśmy się do schodów, tym wolniej szliśmy. Podał mi rękę, jeszcze raz przeprosił za „ten incydent", o którym zdążyłam już całkowicie zapomnieć, i wrócił do samochodu. Idąc po schodach, walczyłam ze sobą, aby nie odwrócić głowy.

W pierwszej przerwie po dziewięćdziesięciu minutach zajęć wyszłam przed szkołę zaczerpnąć świeżego powietrza. Jego samochód ciągle tam stał. Nie wiem dlaczego, ale zaczęłam iść w tym kierunku. Gdy wysiadł z samochodu, przyśpieszyłam. Spotkaliśmy się w połowie drogi.

Wieczorem w restauracji na Kazimierzu miałam pomalowane paznokcie, bluzkę włożoną na prawą stronę, makijaż, pachniałam Guccim II i pierwszy raz, wpatrując się w jego usta, zapragnęłam świeżych malin w styczniu. Gdy po kolacji odwoził mnie taksówką do domu, czekałam na jakiś zakręt i siłę odśrodkową, która wyręczy moje pragnienia, pomoże mojej nieśmiałości i zepchnie mnie na niego. Zepchnęła w końcu.

Zatrzymał mnie przez chwilę na sobie i zanurzył usta w moich włosach.

niedziela, 26 stycznia

Wyjechał...

Postanowiłam, że nie zaniosę płaszcza do pralni. Ma taki poplamiony wisieć w przedpokoju. Chcę go widzieć, gdy wychodzę do pracy i wracam z niej. A także gdy wieczorem idę do sypialni położyć się spać. Wtedy chyba najbardziej...

Wyjechał...

Czasowniki: „wyjeżdżać", „podróżować", „wracać", „startować" i „lądować", znam wraz z ich koniugacją. Także po hiszpańsku. Przez ostatnie czternaście dni używaliśmy ich bardzo często. Czternaście dni. I jedną noc. Tę z wczoraj na dzisiaj.

Zastanawiałam się wczoraj rano nad tym, kiedy kobieta – nie tracąc swojej reputacji, cokolwiek to dzisiaj znaczy – może iść z mężczyzną do łóżka. Ile powinni przed tym wydarzeniem zjeść wspólnych kolacji, ile razy być w kinie, na wspólnym spacerze, ile przeprowadzić ze sobą rozmów lub ile wiedzieć o sobie?

Założyłam, że kobieta chce iść z wybranym mężczyzną do łóżka i nie robi tego tylko dlatego, że on tak chce. On zazwyczaj chce już przed pierwszą kolacją, przed pierwszym kinem i przed pierwszym spacerem, często nie wiedząc o niej nic, nawet nie znając jej imienia. My spędziliśmy wspólnie czternaście wieczorów, byliśmy cztery razy w kinie, trzymaliśmy się za ręce w trakcie ośmiu spacerów, a po rozmowach z nim wiem także, jak ma na imię jego matka chrzestna. Szacuję, że innym parom zdarzyłoby się to wszystko nie wcześniej niż po stu czterdziestu dniach. Nam zdarzyło się w dni czternaście. I znowu szacuję, że ci inni znaleźliby się ze sobą w łóżku już po czternastu dniach. Niby tak jak my, ale tak naprawdę dziesięć razy szybciej. I gdzie tu sprawiedliwość?! Wiesz, że żartuję, Agnisiu, prawda?

Gdy wieczorami podjeżdżaliśmy pod mój dom, pragnęłam, aby nie kazał taksówkarzowi czekać i nawet nie pytając mnie o zgodę, szedł na górę do mojego mieszkania. Chciałam tego po drugiej naszej kolacji. A może nawet już po pierwszej...

To, że czekał do ostatniego dnia i ostatniej nocy w Polsce, jest dla mnie z jednej strony niezwykłe (nieśmiałość? wrażliwość? lęk przed odrzuceniem? plan gry?), a z drugiej bardzo smutne. W pewnym sensie poczułam się przez to porzucona. „Wykorzystał" mnie, pozostawił z marzeniami, niedosytem i zapachem swoich perfum na poduszce w mojej sypialni. Zapomniał zabrać szczoteczkę do zębów z łazienki, zostawił czerwone ślady otarcia po swoim zaroście na wewnętrznej stronie moich ud, niedopitą poranną kawę w kubku, potargane i sklejone moim potem i jego śliną włosy na mojej głowie, garść monet, które wysypały się z kieszeni, gdy zdejmowałam z niego pośpiesznie spodnie wczoraj wieczorem w łazience, moje pogryzione wargi...

Wykorzystał mnie. Tylko jeden raz. I wyjechał...

Enrique ma trzy paszporty, cztery oficjalne adresy zamieszkania i żadnego miejsca, które mógłby nazwać swoim. Jest współczesnym nomadą. Zglobalizowanym, okablowanym i „ogadżetowanym" nomadą. Ma trzy telefony komórkowe, dwa palmtopy, dwa laptopy i osiem oficjalnych adresów e-mailowych. Podpisał kontrakty z czterema światowymi korporacjami na trzech kontynentach i od dziesięciu lat (pisałam Ci, że jest stary?!) przemieszcza się po świecie i doradza firmom lub organizacjom rządowym, jak tanio kupić lub drogo sprzedawać inne firmy. Nazywa je „obiektami" lub „projektami". Czasami są warte kilkanaście milionów euro. W Krakowie przez czternaście dni doradzał polskiej filii japońskiego Fujitsu. Gdyby nie polska biurokracja, potrzebowałby na to tylko czterech dni. Po raz pierwszy w moim dwudziestosześcioletnim życiu czułam wdzięczność do polskich urzędów i polskich urzędników. Pytany przy różnych okazjach, przeważnie przez urzędników imigracyjnych na lotniskach, o adres stałego zameldowania, najczęściej wymienia Boston. Ostatnio, w krajach arabskich lub w muzułmańskiej Azji, po 11 września, podaje Barcelonę. Tam mieszka jego brat i tam także przedłuża swój hiszpański paszport. Gdy wczoraj wieczorem zapytałam go, skąd jest, odpowiedział, że „ostatnio z Krakowa".

Tęsknię za nim, Agnieszko...

środa, 30 kwietnia

Przestałam uczyć dyrektorów niemieckiego w weekendy. Przestałam pisać do Ciebie w weekendy, robić zakupy w weekendy, czytać książki w weekendy, odwiedzać rodziców w weekendy. W weekendy – dla mnie weekend zaczyna się około szesnastej w piątek – stoję w kolejkach na lotniskach, trzęsę się ze strachu przy każdym starcie i lądowaniu i czytam przewodniki turystyczne, gdy jesteśmy na „wysokości przelotowej". Ale tylko wtedy, gdy nie ma turbulencji. Gdy są, trzymam się kurczowo siedzenia, zamykam oczy i się modlę. Stewardesy to chyba najdurniejsze kobiety świata. Jak można tak poświęcać się dla pieniędzy?!

Kupiłam wielką mapę Europy i powiesiłam ją na ścianie nad kanapą, noszę ze sobą w torebce rozkłady lotów sześciu linii lotniczych. Rozkład LOT-u na piątek wieczorem, sobotę przed południem i niedzielę wieczór znam na pamięć. Gdy wysyłam esemesy do Enrique, posługuję się wyłącznie numerami lotów. On także zna je na pamięć.

Agnieszko, żyję od dwóch miesięcy w zwariowanym świecie, jego świecie. Inaczej mierzę czas. Zupełnie innym kalendarzem. Ostatnio każdy tydzień dla mnie to jak Wielki Tydzień przed Wielką Nocą. W poniedziałki walczę przez cały dzień ze snem i staram się przetrwać zajęcia ze studentami. We wtorki zaczyna mi go brakować i do niego wydzwaniam. W środy zaczynam tęsknić za nim i aby sobie z tym poradzić, pracuję do późna w nocy. Oprócz tego, że nadrabiam zaległości, mniej tęsknię, to jestem blisko Internetu i mogę pisać do niego e-maile. W czwartki wieczorem pakuję walizkę i idę wcześnie spać, aby skrócić czas czekania. Przeważnie jeszcze nie wiem, w jakim mieście w Europie i w jakim hotelu będę zasypiać z nim w nocy z piątku na sobotę. W Wielki Piątek wcześnie rano on przesyła mi kod numeru lotu. Późnym popołudniem lub wieczorem jadę taksówką na lotnisko, odbieram bilety, które kazał tam na moje nazwisko wystawić, i „na odwagę" piję whisky z colą w lotniskowym bistro. Potem wsiadam do samolotu i zaczynam się bać. Ląduję. Oszołomiona resztkami strachu, alkoholem i podnieceniem uspokajam się dopiero wtedy, gdy siedzę przytulona do niego w samochodzie. Opowiada mi o swoim tygodniu, delikatnie całując moje włosy. Potem, w hotelu, rozbiera mnie, prowadzi do łazienki, myje i masuje mi głowę. Uwielbiam, gdy siedzimy razem w wannie i on palcami masuje moją głowę. Pierwszy raz kochamy się dopiero po północy.

W Wielką Sobotę...

środa, 30 lipca

Zwariuję...

Od czterech tygodni Enrique jest w Bostonie, a ja czuję się jak ćpun na odwyku. Gdy słyszę przelatujący nad Krakowem samolot, zaczynam zazdrościć stewardesom, że wybrały taki zawód. Jeszcze trochę, a będę jak ten pies Pawłowa. Gdy przeleci samolot, będę czuła wilgotność pod podbrzuszem.

Pracuję. Wstaję rano, idę do instytutu i wracam do domu, aby spać. Jeśli on nie wróci w ciągu kilku tygodni do Europy, to albo naprawdę zwariuję, albo... skończę doktorat przed czasem. Tylko czy ja mogę to zrobić mojemu promotorowi?! Nad kim będzie się wtedy pastwił ten bigot na seminariach?!

Chcę mieć ten doktorat. Jak najszybciej. Chcę skończyć pisać, nikomu o tym nie powiedzieć, trzymać gotowy w szufladzie i mieć tony czasu, czekając na piątki, soboty i niedziele. Poza tym chcę, aby Enrique był ze mnie dumny. Podnieca mnie, gdy patrzy na mnie z podziwem i jest ze mnie dumny. Nie wiem zbyt wiele o kobietach w jego życiu, ale zrozumiałam, że on jest w stanie pokochać tylko tę, którą podziwia. Opowiadał mi o tylko dwóch ważnych kobietach w swoim życiu. Właśnie tych, które podziwia lub podziwiał.

O swojej zmarłej matce, która spoczywa na cmentarzu Père-Lachaise w Paryżu. Gdziekolwiek jest, zawsze w rocznicę śmierci matki idzie na jakiś cmentarz i na przypadkowym grobie zapala znicz i zostawia kwiaty. Agnieszko, gdy będziesz następnym razem w Paryżu, koniecznie odwiedź cmentarz Père-Lachaise! Tam jest więcej życia niż na Champs Elysées. I o wiele mniej ludzi.

O Adrienne opowiedział mi w Kopenhadze. Tam spędzaliśmy jego urodziny i tam odebrał od niej telefon z życzeniami. Szefowa agencji rządowej, tak jak on absolwentka Harvardu, najpiękniejsza dziewczyna na ich roku. Powtarzała mu, że go kocha, do momentu, gdy nadarzyła się okazja „wżenienia się w ropę naftową z Teksasu". Gdy mówił o niej, wyczuwałam w jego głosie podziw i rozżalenie jednocześnie. Rozżalenie zmieszane z podziwem jest niebezpieczne. Chciałabym, aby ona do niego już nigdy nie dzwoniła... Nigdy!

poniedziałek, 18 sierpnia

Myślisz, że nomadzi mogą chcieć osiąść gdzieś na stałe? Czy to tylko pożądanie?

Przyleciał do Krakowa. Przyleciał dla mnie. Tylko dla mnie! Nikomu nic nie doradzał, nic nie sprzedawał i nic nie kupował. Zastał mnie podczas gotowania w kuchni, posadził na parapecie okna, wlał mi cudowną muzykę do uszu, zacałował, rano zapytał, czy spędzę z nim i jego rodziną urlop w Barcelonie, i wyjechał.

PS. Kocham go...

czwartek, 28 sierpnia

W Barcelonie, w domu jego brata Carlosa sypialiśmy oddzielnie. To znaczy szliśmy do oddzielnych sypialni wieczorem i Enrique wychodził z mojej rano. Jego rodzina jest bardzo religijna i przykłada wagę do tego, żeby wszystko było tak jak kiedyś, gdy żyli dziadkowie i pradziadkowie. Oni też przemykali się w nocy między sypialniami. Może dlatego w ich rodzinie nie było dotychczas rozwodów...

Przedostatniego dnia naszego urlopu Enrique wywiózł mnie rano na plażę do Lloret de Mar, a sam pojechał załatwiać jakieś sprawy do Barcelony. Wieczorem, gdy wróciliśmy do domu, na tarasie na pierwszym piętrze przy uroczyście nakrytym stole czekała na nas cała jego rodzina. Enrique oprócz brata ma także trzy siostry. Dwie mieszkają ze swoimi rodzinami w okolicach Barcelony, jedynie najmłodsza, Marisa, przyjechała specjalnie na ten wieczór z Sewilli.

Cudowny wieczór...

O północy Enrique poprosił mnie do tańca. Nie mogłam uwierzyć. On nigdy nie tańczył ze mną. Tuliłam się do niego, a oni wszyscy milczeli, patrząc na nas.

Cudowniejsza noc...

Kończyła się noc, gdy Enrique przemknął się do mnie. Czekanie. To jest chyba tajemnica tego hiszpańskiego fenomenu „przemykania". Czekasz, pulsują ci nawet opuszki palców, powiększają się i falują piersi, oblizujesz zasychające wargi, poprawiasz setny raz poduszkę, na przemian ściskasz i rozwierasz uda. Zaniepokojona odczekujesz minuty, które wydają ci się godzinami. Czekasz na skrzypnięcie drzwi, na przecinający ciemność snop światła z korytarza, na jego kroki. I gdy jest już wreszcie przy tobie, chociaż jesteś zupełnie naga, chcesz – dla niego – rozebrać się jeszcze bardziej.

Najcudowniejszy poranek...

On zawsze zaczyna całować mnie od dłoni. Kładzie jedną na drugą, zsuwa na brzuch i dotyka delikatnie ustami. Doskonale wie, że nie wytrzymam tego długo i wyciągnę je spod jego ust, a on „opadnie" wargami na mój brzuch. Zostanie tam, czekając, aż sama przesunę się całym ciałem nieznacznie do góry. To jego usta, ale to ja decyduję, gdzie się znajdują. I jak długo.

Platyna i brylant ogrzewają się z różną prędkością. Platyna świetnie przewodzi ciepło. Brylant potrzebuje więcej czasu. Wepchnął we mnie językiem brylant w platynie i ogrzewał moim ciepłem. Do momentu, aż brylant się ogrzał. Potem wciągnął pierścionek do ust i, ślizgając się wargami po moim ciele, dotarł do twarzy. Otworzyłam usta, a on zwolnił wtedy uścisk zębów i pozwolił mu opaść na mój wysunięty język. Potem przestał mnie całować, zbliżył wargi do mojego ucha i zapytał szeptem, czy zostanę jego żoną...

czwartek, 21 listopada

Mam atłasową sukienkę. Białoperłową. Słońce odbija się od niej niebieskim światłem. Jak od diamentu. W Największą Wielką Sobotę, za dwa dni, w amerykańskim kościele powiem po hiszpańsku: *Si, quiero.* Tak, chcę...

Po ślubie zamieszkamy w Cambridge (nie, niestety, nie w Anglii, o Cambridge to część Bostonu, nie ma tam „tego" Cambridge, ale jest tam „ten" Harvard i „ten" MIT). Moi rodzice lądują w Bostonie za dwie godziny. Carlos i jego siostry z rodzinami są tutaj już od kilku dni. Czasami wydaje mi się, że to tylko sen. Nawet w snach śni mi się, że to sen...

wtorek, 26 listopada

Wysyłałam Ci dzisiaj fotografie. Na razie nie potrafię jeszcze o tym wszystkim opowiadać. Dlatego znajdziesz je w kopercie bez słowa komentarza.

Miałam wprawdzie cały czas obok siebie Mamę i Tatusia, ale mimo to brakowało mi Ciebie, Agnieszko. Najbardziej, gdy przed wyjazdem do kościoła nadszedł wreszcie ten moment, kiedy wszystko było gotowe i miałam wyjść z pokoju w sukni ślubnej. Wiedziałam, że on czeka za drzwiami. Chciałam, abyś to Ty, a nie kto inny, ostatni raz poprawiła mi włosy, rozprostowała welon, miała łzy w oczach ze wzruszenia i podnosząc kciuk do góry, potrząsnęła dłonią, dając mi znak. Dopiero wtedy wiedziałabym, że wszystko jest tak, jak sobie wymarzyłam, że mogę wyjść i zacząć nowe życie...

Zobaczymy się na święta! To już bardzo niedługo. Moja wiza traci ważność piętnastego grudnia. Muszę (i bardzo chcę!) spędzić naszą pierwszą Wigilię w Krakowie. W Krakowie przedłużę wizę, a po powrocie do Cambridge złożę wniosek o status rezydenta. Enrique bardzo chce, abyśmy – przynajmniej przez jakiś czas – na stałe mieszkali w Stanach. Przynajmniej do urodzin naszego dziecka...

niedziela, 4 stycznia

Na razie bezskutecznie walczę ze smutkiem „po powrocie". Nie mogę uwierzyć, że nie ma już w Polsce takiego miejsca, które mogłabym nazwać swoim domem. Do Polski i Krakowa będę teraz tylko „wyjeżdżać". Tak jak na przykład do Barcelony lub do Nowego Jorku. Nie mogę się z tym do końca pogodzić. Przygnębia mnie to. Chociaż nie mówię o tym nic Enrique, on i tak wie. Chyba rozpoznaje mój smutek nawet po tym, w jaki sposób myję rano zęby w łazience...

Chcę jak najszybciej zacząć pracować. Najlepiej już od jutra! Nie wyobrażam sobie, że będę bezczynnie czekała na niego w domu. Enrique także tego nie chce. Rozgląda się już za wakatami germanistek na pobliskich uniwersytetach lub w szkołach średnich. Bez aktu rezydencji – tej osławionej zielonej karty wygrywanej na loteriach przez niektórych jak fanty – nie mogę myśleć o żadnej pracy. Jutro rano jedziemy do biura imigracyjnego (USCIS) w Cambridge. Doskonale wiem, co mnie tam czeka. Dziesiątki podchwytliwych pytań, jak z wniosku o przyjęcie do raju, odciski palców, jak u potencjalnych przestępców, specjalne badania lekarskie, jak u kandydatów na trędowatych gruźlików z żółtaczką. Okropne! Ale bez tego nie ruszę do przodu z moim życiem tutaj...

sobota, 4 lutego

Wiem, że dzwonisz do mnie, wiem także, że dzwonisz prawie codziennie do moich rodziców. Przeczytałam wszystkie Twoje e-maile, na wszystkie odpowiedziałam. Tyle że ich nie wysłałam. Nie jesteś żadnym wyjątkiem. Nie przeczytałabym też żadnego spamu od Boga i nie odbierałabym też jego telefonów. Niech spada...

Piszę do Ciebie dzisiaj (i wyślę!) tylko dlatego, że jestem po czterech whisky (bez coli i sody), po trzech tabletkach xanaxu i po garści „przeciwbóli". Jest mi po prostu nareszcie smutno. Wspaniale smutno. Co za uczucie! Nareszcie oddycham. Nareszcie płaczę. Nareszcie rozpaczam. Od dwudziestu siedmiu dni i nocy marzyłam, żeby być „na smutku". Nareszcie przyszedł, osnuł szarością, zalewa łzami, przez co świat jest mniej wyraźny. Jest mi tak pięknie smutno. Jak kiedyś...

To pewnie ta whisky. Ostatnie trzy szklanki „pobrałam" w wannie. Gorąca woda, lodowaty bourbon. Przy takim gradiencie temperatury xanax rozpuszcza się we krwi jak syczący selters w wodzie. Szybciej przychodzą też do głowy myśli. Najróżniejsze myśli...

Maszynka do golenia na skraju wanny. *Cool!* Sięgasz po nią. Można zacząć golić uda, można być lubieżną, przesunąć powoli maszynkę ku górze i gdy znajdzie się nad *perineum* centymetr za twoją waginą, przycisnąć ostrze mocniej do skóry. To świetne miejsce. Bardzo unaczynione. Trzy, cztery miliony zakończeń nerwowych. A może czternaście lub piętnaście milionów? Czasami wydaje mi się, że pamiętam dotyk jego warg na każdym z osobna. Można przycisnąć ostrze o wiele mocniej. Krew wypływająca z nacięcia rozpuści się w przezroczystej wodzie i uformuje miniaturowy, zwrócony wierzchołkiem do dołu wirujący i wyginający się na wszystkie strony stożek z czerwonego welonu. Jak oko cyklonu. Widok jak z filmów w National Geographic. A gdyby tak naciąć mocniej? Najsilniej, jak się tylko da? Pozbyłabym się krwi. Ale razem z nią pozbyłabym się także wirusa...

Biała zadrukowana kartka pływa po powierzchni wody w wannie. Musi być zrobiona z bardzo dobrego papieru. Nie wchłania wilgoci i nie chce utonąć. Odpycham ją od siebie ruchem ręki pod wodą, ale za każdym razem przypływa z powrotem, odbija się od brzucha tuż pod moimi piersiami, zatrzymuje się na chwilę i krzyczy na mnie każdą literą.

Wynik: **Nienormalny**

HIV-1/2: POSITIVE
HIV-1, Western Blot: POSITIVE
HIV Przeciwciała: POSITIVE
HIV Przeciwciała

(ELISA):	1. test:	POSITIVE
	2. test (pierwsza duplikacja):	POSITIVE
	2. test (druga duplikacja):	POSITIVE
HIV Potwierdzenie testu Western Blot:		POSITIVE

Dane zebrane: 08-01-2004, 05.30, Wiek: 27, Płeć: Kobieta

Agnieszko, mam AIDS...

czwartek, 18 marca

Enrique wkłada lateksowe rękawiczki i myje płynem do naczyń wszystkie (czyste) naczynia, które wyciąga z kuchennej szafy. Bierze prysznic w łazience dla gości. Kazał zamontować patentowy zamek, aby mieć pewność, że nie będę tam wchodzić podczas jego nieobecności. Gdy pracuje w Bostonie, przyjeżdża do domu tylko po to, aby tutaj spać. Jeśli akurat nie śpi lub nie bierze prysznica, starannie unika kontaktu ze mną. Gdy jednak spotkamy się na przykład w kuchni, robi wszystko, aby mi pokazać, jak mnie nienawidzi. Nie rozmawiamy. Nie udaje mi się przebić przez pancerz jego milczenia. Gdy zaczynam wariować ze strachu i samotności, dzwonię do niego, piszę nawet do niego e-maile. Chcę mu tylko powiedzieć, jak bardzo jest mi przykro, jak bardzo cierpię i jak bardzo chciałabym umrzeć.

Jeśli sama niczego sobie nie zrobię, to nie umrę jednak zbyt szybko. Miriam, pielęgniarka z kasy chorych Boston Charity Care, która „prowadzi moją sprawę", powiedziała mi, że jestem zdrowa (!), silna i że z wirusem można żyć długie lata. Nie wiem jeszcze wszystkiego o AIDS i HIV. Gdy wrzucisz te dwa słowa do Google, wyszukiwarka wyrzuci Ci ponad milion adresów stron internetowych. Przejrzałam tylko niewielką ich część. Dopiero około kilkudziesięciu tysięcy. Gdy nie czytam o wirusie i nie jestem w klinice u Miriam, to płaczę lub śpię. W klinice jestem często. Praktycznie codziennie. Mam wprawdzie spotkania z Miriam raz w tygodniu, ale jeżdżę do kliniki co dzień. Także w niedziele. Miriam to jedyna osoba – oprócz Enrique – która zna wyniki testu, i jedyna, która podaje mi rękę i nie obawia się mnie przytulić. Jadę do kliniki, wypijam kawę w kafeterii i czekam na korytarzu, aż Miriam wyjdzie z gabinetu. Podchodzi do mnie, dotyka mnie i czasami na kilka minut zaprasza do swojego gabinetu. Ma tam mnóstwo kwiatów, fotografie swojej rodziny powieszone na ścianie i karton chusteczek higienicznych na biurku.

Robią mi mnóstwo testów: AST, FTA, CGTP, CD4... Chcą wybrać najlepszą dla mnie metodę leczenia. Ustalić, przy danym poziomie wirusa, najbardziej odpowiednie składniki w koktajlach, które mam łykać, zrobić grafik, ograniczyć skutki uboczne leków. Miriam opowiada o tym jak o leczeniu kataru. Nawet ją rozumiem. Wszyscy, którymi się opiekuje, mają HIV. Gdyby miała płakać z każdym z osobna, wracałaby z pracy do domu odwodniona.

Tylko dwa razy zapytała mnie, czy wiem, „jak mogłam się zarazić". Nie wiem, nie miałam w życiu żadnej transfuzji, nie wstrzykiwałam sobie do żył nic i nigdy, nie byłam operowana, nie spędziłam ani jednego dnia, poza trzema dniami po moim urodzeniu, w szpitalu i oprócz Enrique miałam w swoim życiu tylko trzech partnerów seksualnych. Opowiedziałam jej dokładnie o nich wszystkich. Nie pominęłam nawet Maćka. Pamiętasz Maćka?! Kochałam się w nim od trzeciej klasy ogólniaka. On był pierwszy. Pozwoliłam mu dwa razy wepchnąć ręce pod mój sweter i zdjąć sobie stanik.

Miriam powiedziała, że on zupełnie się nie liczy, a także że ci dwaj pozostali w żadnym wypadku nie „załapują się" do grupy ryzyka. Byli stricte heteroseksualni, nie uprawiałam z nimi seksu analnego, obydwaj nie byli narkomanami i obydwaj nie mają żadnej „historii, jeśli chodzi o HIV". Drugi raz zadała mi to pytanie dzisiaj w trakcie oficjalnego spotkania z lekarzem prowadzącym i zapytała, czy się zgodzę, aby nagrywano moją odpowiedź na dyktafon. Poprosiła mnie, abym nie wymieniała – na razie – żadnych imion i nazwisk.

Po nagraniu lekarz zapytał mnie, czy mój mąż poddał się testowi. Nie poddał. Przynajmniej ja nic o tym nie wiem. Po spotkaniu Miriam przygotowała list do niego i powiedziała, że wyśle go z jutrzejszą pocztą.

Boję się...

wtorek, 6 kwietnia

Enrique odmówił poddania się testowi. Kopię listu z jego odmową znalazłam dzisiaj na podłodze w sypialni. Wsunął kopertę przez szczelinę pod drzwiami i wyjechał na dwa tygodnie do Europy. Zaczynam odczuwać ulgę, gdy on wyjeżdża...

Po południu pojechałam do Miriam. Na dzisiaj miały być gotowe wyniki trzeciej kolejki testów i dzisiaj także miałam dostać swój plan leczenia. Miriam czekała na mnie na parkingu przed szpitalem. Ostrzegła mnie, że w pokoju jest dwóch lekarzy i że mam się nie denerwować. Gdy weszłam do gabinetu, przestali rozmawiać i zapytali mnie, czy zgadzam się na poniesienie kosztów ponownego oficjalnego testu na HIV, ponieważ „pojawiły się ostatnio pewne nieregularności i należy je wyjaśnić w związku z przygotowywanym, bardzo kosztownym dla pani, planem terapii". To było tak bezsensowne pytanie, że Miriam nawet nie czekała na moją odpowiedź. Zanim powiedziałam cokolwiek, podniosła słuchawkę telefonu i poinformowała laboratorium, że za chwilę będzie z pacjentką „na powtórzeniu". Zaraz potem jeden z lekarzy podsunął mi jakiś dokument do podpisania.

Gdy robią mi testy, zawsze przypatruję się z przerażeniem krwi wciąganej z moich żył do strzykawki. Nienawidzę jej...

niedziela, 11 kwietnia

4.49 rano...

Miriam dobijała się do drzwi przez ponad godzinę. Nakleiła plaster na dzwonek, tak żeby nie przestawał dzwonić, a sama podeszła do okna i jak oszalała tłukła obcasem w szybę. Widziała mnie leżącą w ubraniu na dywanie w sypialni. Nie budziłam się. Paraliżuję się przed snem whisky i pigułkami i gdy docieram do łóżka, zasypiam tam. Gdy nie docieram, śpię na dywanie. Najlepszy anestezjolog nie uśpiłby mnie lepiej.

Gdy przez prawie godzinę nie reagowałam, Miriam wpadła w panikę i zadzwoniła po policję. Wyłamali drzwi. Kilka minut później przyjechała karetka sprowadzona przez Miriam z kliniki. Nie pozwoliła policjantce mnie dotknąć. W lodówce znalazła butelkę schłodzonej wody mineralnej i wylała całą jej zawartość na moją głowę. Gdy w końcu otworzyłam oczy, usiadła obok mnie na dywanie, podniosła moją głowę, przytuliła do siebie i zaczęła płakać. Policja musi widocznie wiedzieć, czym zawodowo zajmuje się Miriam. Upewnili się tylko, że to był fałszywy alarm, zrezygnowali ze spisania wymaganego w takich wypadkach protokołu i po kilku minutach odjechali. Lekarz z karetki sprawdził rutynowo mój puls i ciśnienie, zostawił jakiś syrop zawierający stężoną kofeinę i bardziej martwił się wyłamanymi drzwiami niż mną.

Gdy zostałyśmy same, Miriam osuszyła mi ręcznikiem włosy, posadziła pionowo na łóżku, oparła moją głowę o ścianę, upewniła się kilka razy, że reaguję i rozumiem, co się do mnie mówi, i... znowu się rozpłakała. Po chwili uspokoiła się, usiadła na krawędzi łóżka, wyciągnęła pomiętą kartkę papieru z torebki i zaczęła głośno czytać:

NEGATIVE: for HIV, 1/HIV 2 przeciwciała.
Przeciwciała protein HIV (testy Western Blot i EIA): NEGATIVE

Widząc, że nie reaguję, podeszła do mnie, objęła moją głowę i zaczęła nią potrząsać. Wepchnęła kartkę w moje ręce i krzyczała jak opętana:

– *You are fucking negative baby! Negative!* N-E-G-A-T-I-V-E. Przeliteruj teraz za mną! EN-GIE-...

Wyjechała ode mnie przed godziną. Taksówką. Zostawiła samochód. Była zbyt pijana, by prowadzić. Piłyśmy whisky z butelek. Każda ze swojej. Nie jestem pijana, Agnieszko. A jeżeli już, to z pewnością nie od alkoholu.

Miriam spędza czas prawie wyłącznie z „pozytywami" lub rodzinami „pozytywów". Pracuje w klinice od czternastu lat. Jeszcze NIGDY (*fucking NEVER*) nie zdarzyło jej się w ciągu tych czternastu lat, aby negatywny test był fałszywy. Zdarzały się natomiast fałszywe pozytywne testy. Dzisiaj po południu Miriam przyjedzie i zabierze mnie do jej przyjaciółki pracującej w innej klinice. W Bostonie. Aby się upewnić. Miriam chce być *fucking SURE.*

Dopiero po tym teście zadzwonię do Enrique.

czwartek, 15 kwietnia

Minęła Wielkanoc. W nocy z soboty na niedzielę zmartwychwstałam...

Ale zniknęłam z grobu dopiero dzisiaj około południa. Boston potwierdził wynik testu.

N-E-G-A-T-I-V-E

Czułam, jak unoszę się do nieba.

Enrique nie odbiera telefonów ode mnie. Wsunęłam do jego łazienki kopertę z wynikami testu. Drugą położyłam na jego biurku, trzecią przycisnęłam talerzami w kuchennej szafie, czwartą wrzuciłam mu do samochodu w garażu, piątą położyłam na poduszce w pokoju, w którym sypia, szóstą zamknęłam w sejfie w sypialni, siódmą przypięłam pinezką do korkowej tablicy w jego gabinecie. Siedem. Tyle, ile dni w tygodniu. Ciągle pamiętam moje tygodnie. Wielkie Tygodnie...

piątek, 30 lipca

Nie nalegam, żeby mnie kochał. Chcę tylko, aby nie wkładał już więcej lateksowych rękawiczek w kuchni i aby przestał mnie nienawidzić.

piątek, 27 sierpnia

Wczoraj zrobiłam peeling kolan. Ze skórą zdarłam wszystkie odłamki, które tam utkwiły. Zaraz potem zadzwoniłam do biura podróży w Bostonie i zarezerwowałam lot do Polski. W jedną stronę. Miriam obiecała, że pomoże mi się pakować. Przylatuję do Krakowa 18 września.

W Wielką Sobotę.

O kłamstwie...

Opowiadanie *O kłamstwie* ukazało się w „Top Gear".

Opowiesz mi? O nich wszystkich? Tych, których dotykałeś przede mną? Opowiesz?! Nie będę zazdrosna. Obiecuję...

Czasami wydaje mi się, że gdyby samochody mogły mówić, to którejś letniej, bezwietrznej nocy w drodze do Paryża, Wenecji, Pragi, Kazimierza nad Wisłą lub Barcelony, w ciemności, przy spokojnej muzyce płynącej z głośników zadałyby te pytania. Tak jak czasami zadają takie pytania kobiety. Ponieważ to niemożliwe, żeby nie były zazdrosne, i ponieważ są to obietnice składane na wyrost, pod wpływem chwili, nigdy na takie pytania nie odpowiadałem. Zastanawiałem się, dlaczego kobiety chcą wiedzieć. A może one wcale nie chcą i to tylko prowokacja? Może jedyna właściwa odpowiedź to: „Nie opowiem, bo nie pamiętam żadnego ważnego dotyku innej kobiety niż ty", a potem zamknąć szczelnie oczy, aby nie było można dojrzeć w nich kłamstwa?

Gdyby jednak zapytał mnie o to mój samochód, opowiedziałbym. Całą prawdę. Bez wahania. Z imionami, datami urodzenia i pikantnymi szczegółami. Nie musiałbym nawet wymyślać ich imion. Wszystkie moje samochody miały kobiece imiona. Wszystkie były dla mnie najpiękniejsze, wszystkim byłem wierny, we wszystkich szaleńczo zakochany. Wszystkich dotykałem i wszystkie porzucałem. Dla innych. Zawsze młodszych.

Opowiesz mi o nich? O nich wszystkich? Opowiesz?

To była pierwsza miłość. Nieprawda, że pierwsza jest najważniejsza. To wymyśliły zazdrosne i zawistne pierwsze miłości. Dla mnie najważniejsza jest zawsze ostatnia miłość. Ale pierwsza ma znaczenie. Jest najbardziej neurotyczna i najbardziej tajemnicza. Nie można jej do niczego porównać. Pochodziła z Włoch (*Fiat 126p*). Była taka mała, że czasami wydawało mi się, że mogę ją zabrać windą do łazienki na dziewiątym piętrze w bloku i umyć. Kochaliśmy ją wszyscy. Moja żona, moja córeczka Joasia i ja. Joasia (rocznik 1983) chyba najbardziej. Gdy Joasia nie mogła zasnąć, kładłem ją w pieluchach na tylnym siedzeniu i robiłem kilka rund wokół osiedla. Natychmiast usypiała. Do dzisiaj wierzę, że to od rytmicznych, usypiających podskoków na wybojach, a nie od oparów z komory silnika.

Potem poznałem Czeszkę (*Škoda 120L*). Dzisiaj wiem, że tylko czeskie modelki są piękne. Ale wtedy, w 1984 roku, wydawało mi się, że także czeskie samochody. Tym bardziej te dewizowe, kupowane za dolary w Peweksie. Gdy w tamtych czasach wydało się dolary w Peweksie na samochód zamiast na kafelki, tapetę lub odżywkę dla niemowląt, to nawet *Škoda 120L* musiała stać się miłością. Nie miałem ze *Škodą* żadnych szczególnych przeżyć. W każdym razie nigdy w tym samym momencie. Zawsze się spóźniała. Ale tak twierdzi większość mężczyzn...

Następnie w Polsce wydarzyła się rzecz niebywała w historii (druga połowa lat osiemdziesiątych ubiegłego wieku). Najbardziej pożądanym przez mężczyzn płynem stała się benzyna. Zamieniali kartki na wódkę na kartki na benzynę. A w domu pędzili bimber. Kto miał samochód na tzw. ropę, był szczerze znienawidzony na stacjach CPN. Nie dawał łapówek i nie przyjeżdżał zdesperowany tankować o drugiej nad ranem. Mógł tankować, ile tylko chciał, jak rolnik do traktora. Nie znoszę łapówek. Wódki także.

Zakochałem się bez pamięci w *Daihatsu Charade*. Pierwszy raz dotknąłem jej w Kopenhadze. Była śliczna. Pachniała malinowym szamponem. I była przepięknie szczupła. Za sprowadzenie samochodu z zagranicy płaciło się cło. Obliczano je wtedy od wagi (sic!) auta. Moja *DC* („Disi") była szczuplutka i była dieslem. Mogłem tankować w dzień, tak jak rolnicy traktory. Ale nie tylko za to ją kochałem. Spędziliśmy razem ponad sto czterdzieści tysięcy kilometrów. Mnóstwo wspomnień. Nasze podróże z Torunia po mój doktorat w Warszawie. Ponure godziny czekania na jeszcze bardziej mrocznych granicach z byłej NRD. Razem wywieźliśmy prawie cały mój dobytek z Polski do Frankfurtu nad Menem, razem także powitaliśmy, z prawdziwą przyjemnością, zniknięcie NRD z mapy świata. Nigdy nie kupiłem dla niej nic pięknego. Chociaż uwielbiam wydawać pieniądze na kobiety, które mają dla mnie znaczenie. Nawet nie ubrałem jej w zimowe opony, ale wierzę, że mi to wybaczyła.

Następnie była *Toyota Camry* kombi („Tisi"). Także z Peweksu. Po mojej maleńkiej Disi ogromna Tisi była jak kobieta z Marsa, a nie z Wenus. Silna, mocarna, jak wojowniczka z przesadnie silikonowymi piersiami z jakiejś japońskiej gry komputerowej. Gdy wydawało mi się, że akurat nadajemy na tej samej częstotliwości, bez ostrzeżenia włączała turbo. Mężczyźni, gdy przyśpieszenie pojawia się zbyt późno (ich zdaniem), mają z tym wstydliwy problem. Dwa razy chcieli mi ją ukraść i dwa razy im się nie dała. Wiernie trwała przy mnie. Milicjanci z komisariatu mówili mi, że to nie może trwać wiecznie. Jest zbyt atrakcyjna, aby spędzać noce sama. Odstąpiłem ją więc innemu mężczyźnie. Jeszcze na czarnych tablicach. Obiecał mi, że gdy zapadnie ciemność, będzie ukrywał ją w garażu. Nie wiem, czy dotrzymał słowa. Straciliśmy ze sobą kontakt. Ale nigdy jej nie zapomniałem.

Potem były Niemcy. Tam jest mnóstwo pokus i mało uczucia. Tam soboty nie zaczyna się zmysłowo, w łóżku, rozgniatając ciałem okruchy bułek na pościeli. W Niemczech sobotę zaczyna się od mycia samochodu. Nie myją tylko studenci, psychicznie chorzy i komuniści. Czułem się wyalienowany. Nie należałem do żadnej z tych grup. Chociaż przy „psychicznie chorych" nie miałem zupełnej pewności. Nigdy nie wiadomo...

Spoglądam uważnie w notatnik. Zielona *BMW 525i*, srebrzysta *BMW 525i* kombi. Potem pierwsza zdrada z erotyzującym *Mercedesem ML 230*, SUV („Helga"). Ogromna i ciężka. Jak kobiety z obrazów Rubensa. Powolna jak żółwie na Galapagos. Lubiliśmy się, ale o czymś więcej nie mogło być mowy. Ponoć teraz Helga jeździ gdzieś po drogach w Afryce. W Afryce czas płynie znacznie wolniej, więc nawet to rozumiem.

Mercedes C-Klasse kombi („Cecylia") była pomyłką. Była bardzo ładna. To fakt. Ale im dłużej żyję, tym mniejsze znaczenie ma dla mnie uroda. Najważniejsza w związku jest rozmowa. Nie mieliśmy sobie nic do powiedzenia oprócz moich wymówek, że mnie nieustannie zawodzi. Zaczynałem powoli wierzyć, że w zgryźliwej anegdocie o kierowcach mercedesów jest wiele prawdy: „Dlaczego kierowcy mercedesów nie witają się, mijając na autostradzie w drodze do pracy? Nie muszą. Widzieli się przecież już rano w warsztacie...". Ten dowcip rzekomo rozpowszechnia (według zawistnego Mercedesa) obsesyjnie zazdrosna – od zawsze – BMW. Może i tak. Ale w przypadku Cecylii była w nim sama prawda.

Potem spędziłem wiosenny, słoneczny weekend w Sztokholmie. Po powrocie wszystko co szwedzkie wydawało mi się niezwykłe. Mężczyźni na wiosnę czasami tak mają. Są odurzeni i bezmyślnie mylą hormony z Homerem. Ci, co nigdy nie słyszeli o Homerze, także mylą. Nie wiem jak, ale tak jest. Jednak tej wiosny miałem rację. *Volvo V50* („Victoria") była niezwykła. Dostojna, zmysłowa, inteligentna, rozsądna, wrażliwa i skromna. To przy niej przekonałem się, że to kobieta wybiera mężczyznę, który ją wybierze. Czułem się z nią bezpieczny i spełniony. Nie chciałem żadnej innej. Rozmawiałem z nią po angielsku. Nie lubiła niemieckiego i nie znosiła Niemek. Odebrał mi ją jakiś idiotyczny, zakompleksiony, niedomyty, poobijany ze wszystkich stron, niedopieszczony niemiecki *Opel Astra* na skrzyżowaniu pod Frankfurtem. Rzekomo nie zauważył, że to ona i ja mieliśmy zielone światło. Do samego końca dbała, aby nie spotkała mnie jakakolwiek krzywda. Do dzisiaj pamiętam miękkość jej poduszek i do dzisiaj za nią tęsknię.

Opowiadam to teraz – z zamkniętymi oczami – mojej *MB SLK Cabrio*. Po naciśnięciu jednego guzika rozbiera się dla mnie, ściągając całą górę. To jakiś absurdalny niemiecki blef. O ile pamiętam, zawsze było więcej guzików...

Niewierność

Opowiadanie *Niewierność* ukazało się w zbiorze *Opowiadania letnie, a nawet gorące*, Prószyński i S-ka, Warszawa 2006.

Odwróciła się w łóżku na drugą stronę i po kilku minutach zauważyła, że ta też jest zła. Nie mogła zasnąć. To już kolejna taka noc. Najpierw winiła za to upał i zepsutą klimatyzację, której naprawy nie mogła się doprosić od dwóch tygodni. Personel hotelu miał tutaj tylko obowiązki, praw – oprócz zagwarantowanej umową ośmiogodzinnej przerwy na sen – nie miał żadnych. Gdy po tygodniu poskarżyła się dyrektorowi hotelu, usłyszała, że jeśli chce, to on może do niej przychodzić nocą i chłodzić ją kostkami lodu z drinków, które razem wypiją. „Obłożę cię lodem, podniosę ci sutki, zamrożę ci uda tak, że zaczniesz drżeć z zimna i prosić mnie, abym cię ogrzał...". Nie dała mu skończyć. Odwróciła się i wyszła z jego biura bez słowa.

Gdyby tylko chciała, wyleciałby z hukiem z tego gabinetu już jutro... Mały, wstrętny, łysy, gruby, obśliniony erotoman w wyświechtanym garniturze i niebiesko-czerwonym krawacie w kratkę. Kiczowato patriotycznie chorwacki. Nie zdejmował tego krawatu chyba nigdy. Gdy zaczynał się nowy turnus, chodził pomiędzy leżakami turystów wzdłuż basenu i przeszkadzając im, opowiadał o tym, jak ważne jest dla niego, „aby państwo czuli się u nas jak u siebie w domu". Zaraz potem się przedstawiał, ale tylko imieniem. Bożydar. Powtarzał swoje imię dwa razy i zaczynał snuć zmyśloną opowieść o tym, że urodził się dwudziestego piątego grudnia i był *gift of God*, czyli darem Boga. „Wszyscy synowie urodzeni w ten dzień dostają takie imię w Chorwacji", dodawał z miną ministranta przed komunią. Nie dość, że to nieprawda, to na dodatek on wcale nie urodził się w Chorwacji. Od Mileny pracującej w księgowości wiedziała, że nie ma na imię Bożydar, tylko Goran. I że urodził się we Frankfurcie nad Menem. Jego ojciec był gospodarczym emigrantem, muzułmaninem z Bośni, który nie zmarł śmiercią naturalną. Znaleziono go z przestrzeloną głową w kradzionym samochodzie. Matka jest Niemką, pochodzi z byłej NRD i ciągle mieszka w Hanowerze. Zaraz potem z twarzą mędrca zmieniał temat i opowiadał historię o tym, że krawat wymyślili Chorwaci (co jest prawdą), i zapewniał – co wszyscy i tak już wiedzą – że jeśli na Hvarze będzie padał deszcz, to za „każdy deszczowy dzień dostaną państwo pełny zwrot opłaty za nocleg". Oczywiście nie dodawał, że koszty noclegu to nie więcej niż dwadzieścia procent kosztów pobytu. Grube i biedne turystki z Anglii były wniebowzięte. Dla nich dzień bez deszczu jest tak rzadki, że wydawało im się, że na tym urlopie jeszcze zarobią. Niemki i Austriaczki go nie rozumiały, bo jego niemiecki był nie do zrozumienia. Włoszki ze strachu przed swoimi mężami udawały, że go nie zauważają, i odwracały się do niego swoimi ogromnymi pośladkami, a racjonalni Polacy dopytywali się, „ile godzin musi padać, aby dostać zwrot, i czy trzeba mieć na to jakieś zaświadczenie".

Czasami, obserwując go, zastanawiała się, co powiedziałby Freud, gdyby wysłuchał go na swojej kanapie w Wiedniu. Miałby z pewnością doskonały materiał do kolejnego artykułu o skutkach kompleksu Edypa, fantazjach seksualnych w dzieciństwie i transferze negatywnych emocji pacjenta na otaczający go świat. Bożydar, chorwacki krawatowy patriota z niemieckim obywatelstwem o prawdziwym imieniu Goran, był bowiem klasycznym przykładem pacjenta, który wypychał swoją podświadomość na zewnątrz. I to wcale nie w snach. Robił to, przechadzając się w samo południe, w krawacie i garniturze, w czterdziestostopniowym upale pomiędzy leżakami, molestując swoją obecnością Bogu ducha winnych turystów ze zjednoczonej Europy. Freud musiałby być zachwycony...

Postanowiła przyzwyczaić się do upałów. Nawet do tych w nocy. To było pewniejsze niż liczyć na to, że naprawią klimatyzację. Otwierała na oścież okno, skrapiała wodą meble w pokoju – tak doradziły jej dziewczyny pracujące z nią „na recepcji" – kładła się spać po północy, brała gorący prysznic i piła czerwone wino. Czerwone wino po prysznicu zawsze ją usypiało. Zrzucała kołdrę i naga kładła się pod prześcieradłem. Nie pomagało. Gdy po raz kolejny stwierdzała, że żadna strona łóżka nie jest dobra, wstawała i siedząc nago przy małym okrągłym stoliku, robiła notatki do pracy. Celowo czytała najnudniejsze monografie o Freudzie. Czytała nawet tego wymoczka Adlera. Nikt nie pisał tak nudnie o Freudzie jak Adler. Chciała go szczególnie dokładnie przeczytać, aby nikt nie mógł się podczas obrony do niej przyczepić, że „nie zna Adlera". Wielu znanych jej profesorów psychologii uwielbia Adlera. Jest momentami tak cholernie podobny do nich. Wylękniony facet z tytułami, próbujący wydostać się z ogromnego cienia rzucanego przez rozłożyste drzewo autorytetu mistrza, który ma zbyt mało czasu, aby przytulać i klepać po plecach wszystkich swoich apostołów. W odruchu desperacji i żałosnej zazdrości – tak jej się wydaje – trzeba ten autorytet zdradzić. Gdy mistrz jest zbyt wielki, ma się bardzo mało do stracenia. Zawsze znajdzie się cała armia zazdrosnych i zakompleksionych popleczników, która przygarnie zdrajcę. Ostatnia szansa, aby mieć swoje pięć minut i drzwiami przez śmierdzącą oparami kuchnię wejść do historii. Alfred Adler swoich pięciu minut – jej zdaniem – nie wykorzystał. Był zbyt nudny w swoim uzasadnieniu zdrady. Może być, że zdrajcy, ze wstydu lub lęku przed zemstą własnego sumienia, nie potrafią interesująco krytykować zdradzonych. Najpierw wysiadywał cierpliwie jaja Freuda, aby potem odfrunąć i sprzymierzyć się z chytrymi lisami czyhającymi na te jaja. Ale był dla nich zbyt uczciwy. I na dodatek nie dość, że był Żydem, to jeszcze marksistą. Na wiedeńskich salonach, w tamtych czasach, uchodziło to za poważną psychiczną przypadłość. Ani razu nie zdobył się na to, aby napisać, że Freud to wierutny kłamca, manipulant i hedonistyczny narcyz pozujący do zdjęć najczęściej z cygarem. Adler zawsze pisał tak... dookoła. Nudnie i bełkotliwie o nerwicach wynikających z kompensacji braku uczucia bezpieczeństwa zamiast z nadmiaru libido. Nigdy nie odważył się na przykład na napisanie tego, co często i chętnie powtarzał wśród swoich przyjaciół, że Freud nie palił cygar. Tylko je zapalał. I potem ostentacyjnie ssał. Demonstrując – jego zdaniem – w ten sposób ukryte pragnienia kobiet. Jeszcze lepiej byłoby, gdyby napisał, że ssąc cygaro, Freud demonstrował swoją homoseksualną część osobowości. Wszystko to oczywiście bzdura. Freud palił swoją dzienną rację dwudziestu cygar, i to najczęściej w odosobnieniu własnego gabinetu.

Nawet zanudzając się Adlerem, nie mogła zasnąć. Czasami przerywała czytanie i nie zdejmując okularów, wstawała od stolika i podchodziła do okna. Podczas niektórych nocy udawało jej się poczuć na skórze delikatnie chłodniejszy powiew bryzy. Zakrywała wtedy dłońmi piersi i spoglądała na ścianę okien po drugiej stronie prostokąta zamykającego teren hotelu. W jednym z nich, na drugim piętrze, tuż nad bramą, za którą zaczynał się ogród oddzielający budynek od ruchliwej ulicy prowadzącej na plażę, nigdy nie gasło światło. To było okno jego pokoju. Wpatrywała się intensywnie w jasną nieregularną plamę żółtawej poświaty przedostającej się przez nieszczelnie zsunięte zasłony okna, próbując dojrzeć jakiś ruch lub cień. Nigdy nic takiego się nie zdarzyło. Któregoś razu, stojąc nago przy otwartym oknie, zdała sobie sprawę, że z wypatrywania znaków jego obecności o trzeciej nad ranem i z rozczarowania, jakiego doznaje przy tym za każdym razem, zrobiła sobie jakiś nocny masochistyczny ceremoniał. Że ta utrzymująca się bezsenność to nie żadne termiczne nieprzystosowanie do upałów na wyspie Hvar. Że to coś znacznie poważniejszego.

Jeszcze nigdy nie zdarzyło jej się, że nie mogła spać z powodu mężczyzny, który nie był w tym czasie obok niej w łóżku. Paweł zasypiał po niej. Niezależnie od tego, czy uprawiali seks, czy nie. Jeśli to prawda – nie wie dlaczego, ale nie może tak do końca uwierzyć w tę chemię – z tymi narkotycznymi endorfinami zwiększającymi swoją koncentrację podczas pożądania, to w przypadku jej krwi najbardziej koncentrowała się hypnotyna. Kolejny peptyd „od czegoś". Tym razem od spania. Czytała w Wiedniu, tuż przed przyjazdem na Hvar, jakiś mądry artykuł o hypnotynie. Wynikało z niego, że ejakulacji samca towarzyszy, z niewielkim opóźnieniem, fluktuacja stężenia hypnotyny. U niektórych szczurów jej koncentracja w płynach ustrojowych wzrastała o ponad trzysta procent. Rzadko kiedy wyniki eksperymentów na szczurach różnią się od badań na ludziach. Jednym słowem, facet zasypia w łóżku zaraz po seksie nie ze swojej winy. Po prostu kobieta go zah(y)pnotyzowała. Analogia do jej zachowań była uderzająca. Najpierw z rozkoszy odpływała w jakąś krótkotrwałą nirwanę, potem przytulała się do Pawła, który ciągle jeszcze drżał z podniecenia, aby natychmiast zasnąć, nie czekając nawet, aż skończy szeptać jej do ucha te wszystkie słodkości, których inne kobiety w całym swoim życiu pewnie nigdy nie miały okazji wysłuchać. W jej przypadku spełnione pożądanie kończyło się zawsze zasypianiem. I to takim „psychoanalitycznie bezproduktywnym", ponieważ rano po przebudzeniu rzadko kiedy pamiętała swoje sny. Gdy zaczęła pisać doktorat z Freuda, natychmiast założyła także sennik. Chciała wiedzieć, czy na sobie samej może potwierdzić jego interpretacje. Nic z tego nie wyszło. Nie śniła o niczym symbolicznym. Ani o złamanych świecach, których nie można wsunąć do otworów w świeczniku (impotencja mężczyzny), ani o przelewających się w nieskończoność wannach (ktoś jest zbędny w otoczeniu), ani nawet o tradycyjnie śnionej nagości (niespełnienie seksualne). Ze wszystkich snów pamiętała tylko te, w których pojawiała się Agnieszka. Ale snów o Agnieszce nie zinterpretowałby nawet Freud. Była zbyt skomplikowana.

Agnieszka...

Znały się „od zawsze". Ich rodzice byli połączeni jakąś nierozerwalną mistyczną więzią przyjaźni. Byli świadkami na swoich ślubach, rodzicami chrzestnymi dzieci, razem płakali na pogrzebach, razem spędzali urlopy i nawzajem żyrowali sobie kredyty, aby zbudować domy. I razem je budowali. Jeden obok drugiego na przedmieściach Poznania. Jej matka i matka Agnieszki dołączyły wiernie i bezwarunkowo do przyjaźni ich ojców. Czwórka jedynaków połączona dwoma oddzielnymi ślubami, czterema powinowactwami dusz i brakującym płotem pomiędzy ogródkami ich szeregowców. Nigdy tego nie sprawdzała, ale była prawie pewna, że wszyscy mają tę samą grupę krwi. Nie pamięta Wigilii, na której nie byłoby „cioci Wandy i wujka Mirka". Jeśli Freud – ojciec szóstki dzieci – ma rację i jedynactwo jest pierwotnym źródłem osamotnienia, to ich rodzice potrafili zrobić wszystko, aby się przed tym obronić, stawiając, z braku więzów krwi, na więzy przyjaźni. Sam Freud nieustannie poszukiwał przyjaźni, chociaż znany był z tego, że nie potrafił ich dochowywać. Uważał, paradoksalnie, że przyjaźń to jeden z symptomów narcyzmu. Wybierając przyjaciół, stawiamy na ich najbardziej możliwe do nas podobieństwo, aby przeglądać się w ich oczach jak mitologiczny Narcyz w zwierciadle, z którym nie potrafił się rozstać. Akurat w przypadku jej rodziców i rodziców Agnieszki zupełnie się to nie zgadzało.

Agnieszka urodziła się prawie dokładnie rok po niej. Chodziły do tych samych szkół, ubierały się podobnie ekstrawagancko, słuchały tej samej muzyki, czytały te same książki i zakochiwały się w identycznie durnowatych chłopakach. Na szczęście nie w tych samych. Gdy przed maturą ogłosiła, że chce studiować psychologię w Warszawie, pierwsze, co usłyszała od swojej matki, było: „Jak możesz to zrobić Agnieszce?!". Po okresie swoistej żałoby, która zapadła w obu domach, Agnieszka powoli przyzwyczaiła się do myśli, że Warszawa wcale nie jest tak daleko. Dziewczyna została w Poznaniu i zaczęła studia na Akademii Ekonomicznej. Na początku spotykały się bardzo często. Potem, zajęte swoimi sprawami, oddaliły się od siebie. Pomimo to, gdy wracała na weekendy lub ferie do Poznania, większość czasu spędzała z Agnieszką. I jej mężczyznami. Prawie za każdym razem był to inny mężczyzna. Musiała się koncentrować, aby nie mylić ich imion.

Agnieszka jest bardzo atrakcyjna. Ma wszystko, co przyciąga i pociąga. I na dodatek wzmacnia to w ostentacyjny sposób. Wyjątkowo głębokie dekolty i wypchnięte do góry piersi, rozpuszczone długie włosy, tatuaż na plecach wyglądający spod opuszczonych na pośladki krótkich spódnic lub obcisłych spodni. I do tego twarz niewinnej lolity z wilgotnymi, spuchniętymi wargami i ciągle zdziwionymi ogromnymi oczami. Klasyczny przykład kobiety-samicy ze snów pacjentów Freuda nękanych seksualnymi obsesjami. Gdyby zastosować do Agnieszki to, co Freud nazywał „wolną asocjacją", bez wątpienia byłaby ona związana z seksem i wyuzdanym pożądaniem. Gdy rozmawiały o mężczyznach, to zawsze Agnieszka popadała w nastrój smutku, rozczarowania i dziwnej, nigdy niespełnionej tęsknoty wymieszanej z cynizmem. „Zastanawiam się, dlaczego mężczyźni wolą mnie wspominać, niż być ze mną – powiedziała kiedyś, gdy spotkały się któregoś razu w pokoju jej akademika w Warszawie. – Tak mało od nich chcę, płacę swoje rachunki, rozmawiam z nimi, często udaję, że jestem od nich głupsza, interesuję się dla nich elektroniką, żużlem, malarstwem, giełdą, Internetem lub piłką nożną, uczę się dla nich gotować, nigdy nie rozmawiam z nimi o małżeństwie, nigdy nie pytam, skąd tak późno wracają, jak najczęściej wydobywam z siebie podziw dla nich, robię im kosmiczne laski, godzę się na ich przedwczesne wytryski, a i tak po dwóch, góra trzech miesiącach przechodzę wyłącznie do ich wspomnień i czasami, używanych jak numer do seksualnego pogotowia ratunkowego, wpisów w ich telefonach komórkowych. No powiedz, ty przyszła pani psycholog, co ja robię źle, na czym polegają moje kłopoty ze szczęściem?!". Nic jej wtedy nie odpowiedziała. Agnieszka i tak sama wiedziała, że wszystko robi źle, goniąc za pragnieniami innych, wierząc naiwnie, iż w ten sposób zaspokoi swoje własne.

Potem na długi czas całkowicie zaniedbała Agnieszkę. Resztę świata zresztą także. Czasami, gdy telefonowała do domu, mama pytała ją, czy ciągle wie, gdzie jest Poznań. Pojawił się Paweł i wszystko inne zeszło na odległy plan. Była zajęta pielęgnowaniem swojego zakochania. To było jak neuroza lękowa. Lęk, że go utraci, lęk, że nie spełni jego oczekiwań, lęk, że traci czas dla niego, lęk, że poświęca mu zbyt dużo czasu, lęk, że robi dla niego zbyt wiele, lęk, że robi dla niego zbyt mało. Lęk, że jest zbyt gruba, lęk, że nie jest dziewicą, lęk, że pozwoli mu rozebrać się za wcześnie, albo jeszcze gorszy lęk – że w ogóle nie będzie chciał jej rozebrać. Prawie cały czas się czegoś bała. Gdy spóźniał się na spotkanie pięć minut, wydawało jej się, że mija pięć lat. C.G. Jung, ten niewdzięczny, niepoprawnie zbuntowany, upatrywany i wielokrotnie wymieniany jako spadkobierca tronu po mistrzu, pieszczoszek Freuda, miał znowu rację: prawdziwa miłość w swojej wczesnej fazie namiętności objawia się głównie neurotycznym lękiem. Sprawdziła to na sobie. Ale Paweł – naprawdę przez długi czas tak uważała – był wart tej neurozy. Powiedział, że ją kocha, na dwa dni przed tym, zanim pierwszy raz obudzili się w jednym łóżku. Nie wie, na co bardziej czekała. Czy na to wyznanie, czy na tę noc.

Wprowadziła się do jego kawalerki na Mokotowie dzień po obronie pracy magisterskiej. Rodzicom oczywiście o tym nie powiedziała. Dumni z córki wyjechali z Warszawy w przekonaniu, że na czas studiów doktoranckich ich „najmądrzejsza na świecie" zamieszka w hotelu asystenckim. Ojciec nawet przyrzekł, że sam wyremontuje jej pokój. Nigdy nie zaakceptowaliby czegokolwiek zbliżonego do „nieusankcjonowanego pożycia". Chociaż Pawła polubili od razu. Szczególnie ojciec.

Agnieszka oczywiście była w Le Madame w Warszawie podczas przyjęcia, które ona zorganizowała z okazji magisterki. Chciała koniecznie poznać Pawła. „Pamiętaj, przyjeżdżam tylko dla niego. Chcę powąchać i dotknąć mężczyznę, który według mnie nie powinien istnieć. Tylko dla niego. Opowiesz mi, jak całuje? I pamiętaj, tak jak zawsze, zgodnie z naszą umową, zrobię wszystko, aby ci go odebrać!", oznajmiła, chichocząc, podczas ich ostatniej rozmowy telefonicznej.

Oczywiście, że pamiętała. Kiedyś dawno temu, jeszcze w ogólniaku, podpisały taką perfidną umowę. Agnieszka była wtedy zakochana w Patryku, koledze z klasy. W Patryku, oprócz minimum czterech klas licealistek, były zakochane chyba wszystkie młodsze nauczycielki, jak również nauczyciel historii, o którym plotkowano, że „woli chłopców".

Patryk był „ładny", jeśli można tak powiedzieć o mężczyźnie. Milczący, trochę nierozgarnięty –

Agnieszka twierdziła, że to jedynie „skromność i nieśmiałość" – chłopak o długich czarnych włosach zakrywających czoło i zamglonych smutkiem ogromnych błękitnych oczach homoseksualnych modeli z reklam firmy Joop. Miał około dwóch metrów wzrostu, grał zawodowo w siatkówkę, przyjeżdżał do szkoły zielonym mini cooperem, w którym się ledwie mieścił, z braku czasu nie należał do żadnej kliki i praktycznie nie można było z nim o niczym innym porozmawiać oprócz sportu. Powiedziała jej o tym. „Nie znosisz go, ponieważ cię ignoruje i jesteś poza jego orbitą", skomentowała jej uwagę Agnieszka ze złością w głosie. Po jej zgryźliwej odpowiedzi: „Nigdy nie spadam na tak niskie orbity", pokłóciły się na całe dwa dni. Agnieszka robiła wszystko, aby Patryk zwrócił na nią uwagę. Nieustannie była w jego pobliżu. Kiedyś, będąc na zwolnieniu lekarskim, pojechała za nim na zgrupowanie do Mikołajek. Wrócili stamtąd jako para. Triumfalnie demonstrowała to całemu haremowi wielbicielek Patryka, trzymając go za rękę podczas przerw. Któregoś wieczoru przyszła do niej i powiedziała: „Jest cały mój, na zawsze, nikt mi go nie odbierze, nawet ty. Chcesz spróbować?". I wtedy, tego wieczoru, podpisały tę szczenięcą umowę. To był pomysł Agnieszki. Wyjęła fotografię Patryka z torebki i na odwrocie spisała postanowienie „o nieograniczonym prawie do wymiany". Do dzisiaj nie wie dlaczego, ale poczuła się wtedy bardzo dotknięta. Może dlatego, że histerycznie nie znosiła, gdy okazywano jej wyższość. Miała to po ojcu. Bardziej z przekory niż z czego innego, postanowiła „przystąpić do wymiany". To było idiotyczne, okrutne i egoistyczne. Agnieszka, chyba po raz pierwszy w życiu, naprawdę była zakochana.

Nie pamięta, aby kiedykolwiek aż tak prymitywnie zabiegała o mężczyznę. Postawiła na wygląd, na siatkówkę i na nieustanny podziw. Trzy tygodnie później, podczas studniówki, Patryk wielokrotnie zostawiał Agnieszkę przy stoliku, aby z nią tańczyć. Gdy udała, że czuje się źle i chce wrócić do domu, zaoferował, że ją odwiezie. W samochodzie udała wdzięczność i dotknęła, tylko raz, jego twarzy. Natychmiast zatrzymał samochód na parkingu przy ulicy i zaczął ją całować, wkładając jej ręce pod sukienkę. Nie musiała wcale opowiadać tego Agnieszce. Patryk sam przeszedł do historii po kilku tygodniach smutku, kilku wybuchach agresywnej rozpaczy, dwóch dietach odchudzających na granicy anoreksji, dwóch postanowieniach pójścia do zakonu i dwóch długowłosych studentach z ASP, na których Agnieszka postanowiła się „zemścić za siatkówkę".

Od tego czasu nigdy nie rozmawiały ani o umowie, ani tym bardziej o Patryku, który po wakacjach przeniósł się do „lepszego klubu w Częstochowie". Patryk, tak jej się wydawało, pozostawił tylko puste miejsce na parkingu po swoim mini. To było jedyne, co podobało jej się w Patryku. Jego samochód.

Agnieszka jednakże cierpiała z powodu tego pustego miejsca. Przez bardzo długi czas. Potem rozmyło się to wszystko, zdarzali się inni zdradzający ją mężczyźni i Patryk zniknął zupełnie.

Agnieszka pojawiła się w Le Madame dopiero około północy. Przytuliły się do siebie. „Tak ci zazdroszczę. Wszystkiego. Jestem z ciebie dumna, siostrzyczko", wyszeptała jej do ucha przy powitaniu. Agnieszka była bardziej rozebrana niż ubrana. Miała na sobie coś, co przypominało jedwabną, czarną halkę, a miało być sukienką. Gdy się nachylała, było widać jej ogromne piersi. Gdy stała wyprostowana, było widać opaleniznę jej ud nad koronką czarnych pończoch. Miała włosy spięte w kok i przeciwsłoneczne okulary na włosach, nad czołem. Gdy przedstawiała ją swoim gościom, chodząc od stolika do stolika, mężczyźni wydawali się nagle bardzo przebudzeni, a kobiety nagle wyjątkowo czujne. Na koniec podeszły do baru, przy którym Paweł rozmawiał z jej ojcem.

– Pawełku, poznaj Agnieszkę. Ona zna wszystkie moje tajemnice... no, prawie wszystkie – powiedziała, tuląc się do niego.

Paweł jakby od niechcenia wyciągnął rękę z kieszeni na powitanie, uśmiechnął się jednym z tych wyuczonych, fałszywych grymasów, które opanował w czasie ćwiczeń z marketingu, i zamilkł. Odczekał cierpliwie, aż jej ojciec wycałuje Agnieszkę, którą widział trzy dni temu w Poznaniu, i natychmiast powrócił do wątku przerwanej rozmowy, zupełnie je ignorując. Pierwszy raz, odkąd znała Pawła, poczuła rozczarowanie i zawód. Opowiadała mu wielokrotnie, kim dla niej jest Agnieszka. Chciała nim Agnieszkę oczarować od pierwszej chwili, a on zachował się jak gburowaty, niewychowany egocentryk. Podczas gdy ona zamarła ze wstydu przy barze, Agnieszka zdążyła odejść i zniknąć w ciemności sali. Usiadła przy pierwszym wolnym stoliku i zapaliła papierosa. Po chwili przysiadł się do niej jakiś mężczyzna z tatuażem na szyi. Zbliżyła się do stolika, nie wiedząc, co ma zrobić. Agnieszka zauważyła ją i powiedziała:

– Czy mógłby pan teraz wstać, pójść do baru i przynieść nam dwie mocno schłodzone duże wódki? Proszę! Potem dobrze się panem zajmę, ale najpierw chcę porozmawiać z moją przyjaciółką. Potrzebujemy na to minimum półtorej godziny. Przyniesie pan?

Mężczyzna podniósł się z krzesła bez słowa, robiąc jej miejsce. Za chwilę wrócił od baru z dwoma kieliszkami. Pod kieliszek, który postawił przed Agnieszką, wsunął swoją wizytówkę.

– Widziałaś go? – zapytała, gniotąc ze złością wizytówkę w dłoni. – To jest klasyczny przykład mężczyzny, którego trzeba się wystrzegać. Przed dwoma typami mężczyzn trzeba się wystrzegać, siostrzyczko. Przed tymi, poza Japończykami oczywiście, którzy zawsze mają przygotowaną wizytówkę, i tymi, którzy mają więcej biżuterii na sobie niż ty. Ten warszawkowy artysta spełnia oba warunki. Gwarantuję ci, że będzie tutaj za półtorej godziny, co do minuty. Zainwestował przecież ponad trzydzieści złotych w naszą wódkę. I gdy zechcę go wysłuchać, powie mi, że go fascynuję, że jestem tajemnicza i że go „twórczo inspiruję". I cały czas będzie przy tych kłamstwach myślał o tym, czy pojadę z nim do jego mieszkania. Ale ja nie chcę, żeby mnie dotykał w tę sobotę ktoś obcy. Już mam dość obcych dotyków. Za dużo musiałam się ich nauczyć w ostatnim czasie. Twoje zdrowie, pani magister...

Podniosła kieliszek do ust i duszkiem wypiła całą zawartość. W tym momencie do ich stolika podszedł Paweł z jej ojcem. Wstała i biorąc ojca za ramię, powiedziała:

– Chodź, tatuś, poszukamy mamy. Pewnie się o nią martwisz...

Nie wyglądało na to, żeby ojciec się o cokolwiek martwił. Wypił zbyt dużo wódki. Ale wstał posłusznie i zostawili Pawła z Agnieszką. Tylko o to jej chodziło. Chciała, aby sam ją przeprosił za swoje zachowanie. Po godzinie Paweł ciągle siedział w tym samym miejscu. Agnieszka zdjęła okulary i włożyła je do szklanki z wodą mineralną, rozpuściła włosy. Było także o wiele więcej kieliszków na stole. Facet z tatuażem na szyi niecierpliwie kręcił się w pobliżu stolika, najwyraźniej czekając, aż Paweł się oddali.

Nad ranem, gdy wracali taksówką do domu, zapytała Pawła o Agnieszkę.

– Dlaczego ją tak zignorowałeś? Było mi bardzo przykro... to moja jedyna przyjaciółka.

– Przesadzasz – odpowiedział zniecierpliwionym głosem. – Rozmawiałem z twoim tatą. On był najważniejszy. Nie potrafię dzielić uwagi. Potem podarowałem jej całą godzinę. Upijała się i opowiadała mi, jaka jesteś. Ona chyba jest w tobie zakochana. Snuła długie, dziwaczne opowieści o tym, jak to chodziłyście boso po rosie na jakiejś łące w Bieszczadach czy Białowieży, trzymając się za ręce. Dokładnie nie pamiętam. Czy ona zawsze wszystkim pokazuje te swoje ogromne cycki? Nie mogłem momentami skupić się na tym, co mówiła. – Zaśmiał się, wkładając prawą rękę w rozcięcie jej sukienki na plecach i ściskając palcami jej sutek.

Ani w Białowieży, ani w Bieszczadach. Chodziły na bosaka po rosie na łące w Zielonce, w Borach Tucholskich. Powinien pamiętać. Opowiadała mu o tym ze szczegółami kilka razy. Miała wtedy osiem lat i były to jej pierwsze kroki po ponadrocznym pobycie w klinice, gdzie składali, skręcali i znowu łamali jej zgruchotane biodro po wypadku samochodowym. Na tej zroszonej łące nauczyła się chodzić drugi raz w życiu. Ojciec Agnieszki niósł ją na barana, Agnieszka dreptała przy nim i mocno ściskała jej bosą piętę. W pewnym momencie stanęli na środku łąki i poczuła chłód rosy. Zamknęła oczy i zrobiła pierwszy krok. Potem drugi. Za chwilę Agnieszka podała jej rękę i zaczęła się głośno śmiać i krzyczeć z radości. Ona także. Mimo potwornego bólu. Przeszły tak całą łąkę.

Poza tym uwaga o piersiach Agnieszki była prostacka i wulgarna. Na dodatek ta dziwna koincydencja ruchu jego łapczywej ręki z jego ostatnim zdaniem... Nie była pewna, czyj sutek chciał ściskać Paweł. Jej czy ten z „cycków" Agnieszki. Gwałtownie odepchnęła jego dłoń i odsunęła się na drugi koniec siedzenia. Wtedy, w tej taksówce, pierwszy raz, odkąd znała Pawła, poczuła, że ten bezwarunkowy zachwyt, którym go szczelnie otuliła, zaczyna pokrywać się rysami.

Pierwsze wakacje po studiach spędziła praktycznie w Warszawie. Paweł zmienił firmę i nie mógł wziąć urlopu. Od października miała rozpocząć studia doktoranckie. Dawno ustaliła z promotorem, że pracę będzie pisać z Freuda. W tygodniu chodziła do biblioteki, czytała, robiła notatki. Czasami jeździła do Krakowa, gdzie na stałe mieszkał jej profesor. Weekendy przeważnie spędzali z Pawłem w Poznaniu. Czasami miała wrażenie, że rodzice bardziej cieszą się z obecności Pawła niż jej. Szczególnie ojciec.

Agnieszka, gdy była akurat w Poznaniu, zachowywała się... schizofrenicznie. Tak by to nazwała. Z jednej strony bezpośrednio i demonstracyjnie unikała Pawła, a z drugiej nie pozwalała, aby nie zauważał jej obecności. Gdy oni z rodzicami około południa jedli na tarasie spóźnione sobotnie śniadanie, potrafiła pojawić się w ogrodzie i opalać prawie nago – nie licząc kilku sznurków wokół bioder i pod tatuażem oraz mikroskopijnego trójkąta na podbrzuszu – w ogrodzie dokładnie naprzeciwko ich stołu. Ojciec przesuwał stopniowo i najciszej jak się dało krzesło, aby lepiej widzieć, Paweł przestał mówić, ona czuła się niezręcznie z budzącą się w niej nieznaną dotychczas zawiścią, a matka odwrócona do ogrodu plecami nie wiedziała, o co chodzi.

Obnażona seksualność przy rodzinnym śniadaniu na tarasie szeregowca pod Poznaniem! Freud miał rację. Libido jest w ludziach zawsze i wszędzie. Krytykowano go nieustannie za to, że ciągle musi mówić o płciowości, zarzucano mu, że ta myśl nim zawładnęła, że uczynił z niej *numinosum*, czyli świętość, którą trzeba otoczyć „bastionem" i uczynić z niej „dogmat". Namiętnie i bez rezultatu przekonywał do tego Junga. A jednocześnie nie potrafił zdobyć się na to, aby nadać jej mistyczny, religijny sens. Ograniczał się wyłącznie do sensu biologicznego. Uświęcając biologię, jest się bliżej Darwina niż Mojżesza. W Darwina nie można nawet wierzyć. Darwin nie potrzebuje dogmatów i kościołów, ponieważ sam się naukowo dowodzi. Darwinowi można więc, co najwyżej, uwierzyć. Co nie przeszkadza, aby pragnąć go ukrzyżować. Jak najbardziej. Tego chcieliby, ale niestety o prawie dwa wieki za późno, jedynie niektórzy bardzo zacofani farmerzy z południowych stanów USA. Może dlatego Freud i Darwin byli tak zgorzkniali. Obydwaj poszukiwali prawdy, niszcząc po drodze iluzje, i obydwaj postawili na biologię. A to najgorszy z możliwych wyborów. Ludzie z całej mocy będą wypierać się swojej zwierzęcości.

Paweł i ojciec nie wypierali się jej zbyt mocno, jedząc jogurt, popijając kawę i wpatrując się zwierzęco w sterczący biust Agnieszki. W pewnym momencie nie wytrzymała i zapytała:

– Tatuś, mam ci przynieść okulary?

– Nie, nie... Tak tylko patrzyłem na żywopłot. Chyba go przytnę dzisiaj... – odpowiedział zmieszany.

Wstała bez słowa od stołu i podeszła do Agnieszki, klękając na trawie przed jej leżakiem. Zasłoniła Freuda swoimi plecami. Mężczyźni natychmiast wrócili do rozmowy. Mama zaczęła zbierać naczynia ze stołu.

Wieczorami przeważnie wychodzili z Pawłem do jakiegoś klubu w Poznaniu albo jechali do kafejek nad Jezioro Maltańskie. Czasami pojawiała się tam Agnieszka. Nigdy sama. Za każdym razem z kimś innym. Poświęcała tym mężczyznom około piętnastu minut, tak mniej więcej na jednego drinka, i zupełnie ich ignorując, zabierała ją od stolika, aby z nią porozmawiać. Paweł był wściekły. Czasami wyrażał to podniesionym głosem przy Agnieszce. Nie znosiła tego. Po trzech takich incydentach zaproponowała mu, że sama będzie odwiedzać Poznań. Najpierw się zgadzał, a potem i tak jechali razem.

Prawie pół roku później zdarzyło się w jej życiu coś niezwykłego. W lutym dowiedziała się, że następne wakacje ma spędzić w Austrii! Jej promotor jest bardzo dobrym znajomym rektora Uniwersytetu Medycznego w Wiedniu. Z referencjami i oficjalnym zaproszeniem z Wiednia udało jej się otrzymać stypendium z europejskiego programu Sokrates. W czerwcu i lipcu badania w Wiedniu, a potem, od października, miała przenieść się na sześć tygodni do Grazu, gdzie powstało pierwsze na świecie laboratorium psychologiczne i gdzie Freud ze swoim mentorem Breuerem publikowali nowatorskie monografie dotyczące histerii. Wracała tamtego dnia do domu jak na skrzydłach. Najpierw chciała obwieścić to Pawłowi, potem zadzwonić do rodziców, a na samym końcu przegadać o tym godzinę lub dwie z Agnieszką. Do rodziców nie zadzwoniła i wypłakać się Agnieszce także nie miała ochoty. Paweł zareagował na tę wiadomość z niespotykaną u niego agresją. Najbardziej dotknęły ją jego argumenty. Uważał, że jej doktorat „nie jest warty tego, aby odwoływali urlop w Norwegii". Tłumaczyła mu, że sierpień i wrzesień mogą spędzić razem, że przecież do Grazu ma wrócić dopiero na jesieni, że tak naprawdę chodzi tylko o zmianę terminu ich wyjazdu. Uparcie nie chciał tego zaakceptować. Któregoś wieczoru, przy kolejnej dyskusji wykrzyczał w jej kierunku:

– Mamy audyt z Holandii w sierpniu, mój szef nigdy by mi tego nie wybaczył, gdybym chociaż na jeden dzień wyjechał wtedy z Warszawy. Moja praca to coś o wiele bardziej poważnego niż twój doktoracik o histerykach.

Pierwszy raz płakała z jego powodu. I pierwszy raz nie chciała zasypiać obok niego w łóżku. Następnego dnia rano zostawiła na stole w kuchni kartkę do Pawła, zaniosła wszystkie dokumenty do ministerstwa i telefonicznie potwierdziła w Wiedniu swój przyjazd. Przez trzy kolejne miesiące Paweł robił wszystko, aby odczuła, że ją ignoruje. Spotykali się czasami w drodze do łazienki zamykanej szczelnie na klucz, schodzili sobie z drogi w kuchni, robili oddzielne zakupy, esemesami informowali o swoich wyjazdach, celowo nie pisząc, kiedy wrócą. Wieczorami, gdy dzwonił jego telefon, wstawał z fotela i zamykał się z nim w łazience. Słyszała jego śmiech, imiona kobiet i czasami dźwięk rozpryskiwanej wody z prysznica. Wracał, pachnąc jej ulubioną wodą toaletową, ubierał się i wychodził bez słowa. Budziła się, gdy przekręcał klucz w zamku. Zrzucał ubranie i kładł się na materacu, który rozłożyła i pościeliła dla niego. Pachniał alkoholem, nikotyną i obcymi perfumami. Czasami spermą. Oficjalnie miała narzeczonego, dyplom w kieszeni i świetlaną przyszłość, a nieoficjalnie powiększającą się z dnia na dzień bliznę w sercu.

Cierpiała w samotności. Nie chciała martwić rodziców i nie mogła zdobyć się na rozmowę z Agnieszką. Nie chciała jej mówić o tym przez telefon i jednocześnie wiedziała, że w Poznaniu nie potrafi ukryć swojego smutku na tyle, aby rodzice nie zaczęli zadawać pytań. Sama nie znała na nie odpowiedzi, a kłamać nie potrafiła. Cała ta psychologia, którą zajmowała się od rana do wieczora, także nie potrafiła jej pomóc. Wspomnienia z dzieciństwa, kłamstwa, neurozy, psychozy, modele komunikacji, awersje i preferencje, moralność, wyuczone lub odziedziczone lęki, kolejne wcielenia kompleksów Edypa lub Elektry, inteligencja, podświadomość, fantazje, popędy, instynkty, superego, uzależnienia, perwersje, oszustwa i natręctwa... To wszystko dotyczyło innych. Siebie i swoich przeżyć nie potrafiła na tej psychomapie odnaleźć. Może to faktycznie dotyczy tylko jakichś odosobnionych, wirtualnych histeryków, których Freud sobie wymyślił, zanalizował i opisał jako swoich pacjentów. Może wcale nie było żadnej „Anny O.", alias Berthy Papenheim, która z rozpaczy po śmierci ojca miała podwójne „ja", halucynacje po angielsku, a potem wyzdrowiała po kilku rozmowach na kanapie. Może rację mieli ci, którzy uważali, że freudowska teoria dziecięcej seksualności to nie temat na kongresy, tylko sprawa dla policji? Może Freud to nie geniusz, tylko fantasta i wszystko to wymyślił, aby dotrzeć do wnętrza własnej paranoi, próbując uzasadnić i usprawiedliwić swoją impotencję? Przecież sam wielokrotnie i w wielu wariacjach pisał do Wilhelma Fliessa, laryngologa z Berlina i jedynego przyjaciela, że w wieku czterdziestu lat „nie czuje żadnego seksualnego pożądania i jest impotentem". Może gdyby w aptekach Wiednia na przełomie dziewiętnastego i dwudziestego wieku można było kupić viagrę, to nie byłoby psychoanalizy? Może więcej prawdy o psychozach opowiedział polonista, magister Marek Koterski w *Dniu świra* niż psychiatra, profesor doktor habilitowany Zygmunt Freud w swoich opasłych traktatach?

A może to Paweł ma rację? Może nie warto dla psychodelicznych bzdur kokainisty z Wiednia rezygnować z bliskości, spokoju, harmonii, dotyku, szeptów, obietnic i wystawiać ich miłość na próbę? A może właśnie i przede wszystkim miłość trzeba wystawiać na próby? Aby dotrzeć do jej niebiologicznego sensu. Jednego była pewna: to, co robi, i to, w co uwierzyła, jest obecnie ważniejsze niż wakacje w Norwegii i jego nagły audyt w sierpniu. Paweł powinien zdobyć się na ten kompromis. Jeśli mają mieć w przyszłości jakiekolwiek inne wspólne wakacje. Czekała na czerwiec jak na początek nowego życia. Chciała wyjechać, oddalić się, zniknąć, upewnić się, że mimo wszystko Paweł za nią zatęskni.

Pod koniec maja Agnieszka zaprosiła ich na „olewanie dyplomu" – dokładnie tak napisała w zaproszeniu – do... Berlina. Nie mogła w to uwierzyć. Zadzwoniła do niej.

– Zwariowałaś?! To więcej niż tysiąc kilometrów! – zaczęła.

– Ja zwariowałam, siostrzyczko, już dawno. Tak w okolicy Patryka. Pamiętasz go jeszcze? Jako pani psycholog powinnaś o tym wiedzieć na długo przede mną – odpowiedziała, śmiejąc się w słuchawkę. – Vincent, mój nowy *boy*, nie może przyjechać w maju do Poznania. Ma jakieś ważne sprawy w Berlinie. Powiedziałam mu, że jeśli tutaj nie przyjedzie, może spadać do swojego Mediolanu. Maj albo nigdy. Zrobiłam to dla ciebie. Przecież wyjeżdżasz do tego Wiednia, prawda? – zapytała, ściszając głos.

– Tak, jestem już prawie spakowana.

– No widzisz! Przestraszony Vincent wynajął jakiś klub na Kudammie w Berlinie i robi mi tam olewanie. Pomyślałam, że to świetny pomysł. Można by następnego ranka zrobić tam zakupy. Z Poznania nie jest daleko. Prawie wszyscy z mojego roku potwierdzili, że przyjadą. Kazałam Wincentemu zarezerwować nam hotel tuż przy klubie. Nie będzie żadnych kosztów. On uwielbia wydawać na mnie pieniądze. Przyjedziesz... to znaczy przyjedziecie? – zapytała.

– Możesz zaczekać do jutra? Muszę ustalić to z Pawłem, nie znam jego planów – powiedziała, gryząc się w język.

– Jak to nie znasz? Mężczyźni mają tylko jeden plan. Ale ty przyjedziesz, prawda?

– Ja? Ja przyjadę na pewno – odpowiedziała bez wahania i z przekorą w głosie.

Tego także natychmiast pożałowała. Wiedziała, że Agnieszka rozszyfruje tę przekorę.

Zostawiła na stole w kuchni otwarte zaproszenie od Agnieszki i wysłała Pawłowi e-mail z informacjami o Berlinie. Potwierdził, że „zrobi to dla Agnieszki" i z nią pojedzie. W drodze do Berlina zamienili w samochodzie nie więcej niż cztery zdania. Gdy mijali Poznań, miała ochotę poprosić go, aby ją wysadził na najbliższym parkingu. Z otwartą książką na kolanach udawała, że czyta. Dopiero pod hotelem w Berlinie zdała sobie sprawę, że nie przewracała kartek. Miała nadzieję, że Paweł tego nie zauważył.

Vincent – Wincenty zupełnie do niego nie pasowało – był pierwszym Włochem, który ją oczarował. Absolutnie nie przypominał klasycznego macho. Nie wpatrywał się w jej dekolt, przysłuchiwał się uważnie temu, co do niego mówiła, i był niezwykłym erudytą. Miał około czterdziestu pięciu lat, długie, pofalowane, posrebrzone siwizną na skroniach włosy i obrączkę na palcu. Podczas przyjęcia robił wszystko, aby pozostać w cieniu i aby Agnieszka nie musiała spędzać z nim czasu. Gdy zauważył, że jako jedyny na sali jest w garniturze, zniknął na chwilę i wrócił w dżinsach i sportowej marynarce. Był, jej zdaniem, najbardziej przystojnym i najbardziej dostojnym mężczyzną, jaki pojawił się w tym klubie. Te nastroszone jak koguty młode samce z Poznania i okolic, łącznie z rejonem

Warszawy, nie sięgały mu do kostek. Najwięcej wiedział, najwięcej widział, najwięcej przeczytał, zaparkował najdroższy samochód przed klubem, znał najwięcej języków obcych, najmniej mówił o sobie i na dodatek... najlepiej pachniał. Wstał, gdy ona wstawała, lub siadał, gdy siadała. Przez cały wieczór był obok niej. Rozmawiali. Próbowała na nim swój niemiecki, który szlifowała na Wiedeń. Zaczął ją poprawiać, dopiero gdy go o to poprosiła. Za każdym razem ją przepraszał. Bardzo ją to rozczulało. Natychmiast dyskretnie oddalał się, gdy tylko zbliżał się Paweł. Widać było, że jest przeraźliwie smutny. W dokładnym rezonansie z jej smutkiem. Był pierwszym mężczyzną, którego tak naprawdę chciała „odebrać" Agnieszce. Chociaż na tę jedną noc. Albo raczej wyłącznie na tę jedną.

Agnieszka bywała przy nich rzadziej niż Paweł. Podchodziła, siadała na kolanach Vincenta i kładła jego dłoń na swojej lewej lub prawej piersi. Gdy trafiała na tę z obrączką, natychmiast ją zmieniała. Brała jego serdeczny palec do ust, przez kilka sekund ssała, aby za chwilę przycisnąć go do wypukłości na środku piersi. Siedziała tak trochę i odchodziła. Patrzył za nią z nostalgią.

Agnieszka nigdy nie wyglądała tak wyzywająco jak tego wieczoru. Wiedziała doskonale, że będzie w centrum uwagi. To był przecież jej wieczór. Rozwiane długie włosy, długa obcisła suknia z czarnego cienkiego kaszmiru z wyciętą na plecach elipsą kończąca się krawędzią pod jej tatuażem na granicy pośladków. Spoglądając na nią, przypomniała sobie najbardziej wyuzdane kobiety z obrazów Klimta i Kokoschki. Klimt i Freud byli prawie sąsiadami w Wiedniu. Nie wiedząc nic o sobie, doskonale się uzupełniali. Wiedeń z przełomu wieków był bardziej perwersyjny – i przy tym mniej komercyjny – niż obecne czasy „Playboya", MTV i powszechnej nagości, która zwraca coraz mniej uwagi. Klimt malował i wystawiał dokładnie to, co Freud wyczytywał z opowieści o lubieżnych snach swoich pacjentów. Spoglądała czasami na zaciemniony parkiet oświetlany klaustrofobicznym światłem ultrafioletowych reflektorów uruchamianych przez didżeja. Migające, zatrzymywane jak w kadrze, na ułamek sekundy, postaci tańczących, na wpół rozebranych kobiet otoczonych szarą, postrzępioną poświatą papierosowego dymu doskonale oddawały nastrój obrazów Klimta. W pewnej chwili rozpoznała twarz Pawła. Tańczył z Agnieszką. Paweł nigdy nie słyszał o Klimcie, ale z pewnością w tym momencie uległ erotycznemu nastrojowi jego malarstwa. Poczuła nagły ucisk w klatce piersiowej. Przy kolejnym rozbłysku zauważyła, że bierze do ust jej włosy, które przy tym świetle miały fioletowobiały kolor. Wydawało jej się, że rozbłyski pojawiają się coraz częściej. Dokładnie w takt bicia jej serca. Nagle dostrzegła, jak dłoń Pawła znika pod materiałem sukienki Agnieszki i pod tatuażem przesuwa się niżej. Widziała. Wyraźnie to widziała! Wypukłość nad linią rozdzielającą pośladki Agnieszki zwiększała się lub malała rytmicznie z każdym rozbłyskiem...

– Czy odprowadzi mnie pan do hotelu... – zapytała. – Nie czuję się najlepiej.

Natychmiast wstał, podając jej rękę. Był przerażony.

– Oczywiście... Czy mam zawołać lekarza? – zapytał, wyciągając z kieszeni telefon. – To mój dobry przyjaciel

– Nie. Proszę mnie tylko odprowadzić. I na chwilę zostać ze mną...

Za późno powiedziała mu, że hotel znajduje się nie więcej niż sto metrów od klubu. I że to nie jest żaden zawał. Przynajmniej nie taki związany z martwicą komórek mięśniowych określonego obszaru serca. Że to tylko atak jakiegoś nieznanego jej dotychczas lęku. Gdy wyszli na ulicę, czekała na nią karetka pogotowia, rozbłyskując fioletowym światłem.

– Hotel jest tuż za rogiem... Przepraszam cię, to znaczy przepraszam pana. Nie chciałam robić kłopotu...

Skinął na ochroniarza i powiedział coś do niego po włosku. Po chwili karetka odjechała. Szedł obok niej w milczeniu. Wjechali windą na czwarte piętro. Weszli do pokoju. Otworzył szeroko okno. Odkręcił kran prysznica w łazience. Odsłonił pościel.

– Jeśli pani się poczuje lepiej, proszę zadzwonić do recepcji. Będę tam czekał na wiadomość. Jeśli nie zadzwoni pani w ciągu piętnastu minut, pozwolę sobie tutaj przyjść jeszcze raz. Wszystko będzie dobrze – powiedział, delikatnie dotykając dłonią jej policzka.

Nie zadzwoniła.

Po prysznicu wyszła okryta ręcznikiem. Zapaliła lampkę na stoliku nocnym. Dokładnie zasunęła rolosy. Uchyliła drzwi do pokoju, blokując je butem. Potem otworzyła lodówkę minibaru i wyciągnęła zmrożoną buteleczkę z dżinem. Wypiła ją duszkiem. Znalazła otwartą paczkę marlboro w kieszeni marynarki Pawła. Zapaliła. Wróciła do łazienki. Z kosmetyczki Pawła wydobyła flakon Diora. Spryskała nim kawałek ściany między przedpokojem i biurkiem. Na wysokości jej ust i nosa. Z lodówki wyjęła butelkę z koniakiem. Wypiła ją w drodze do łazienki. Grubą warstwą malinowej wazeliny do warg posmarowała swój anus. Odrzuciła ręcznik na łóżko. Sprawdziła zegarek. Mijało właśnie piętnaście minut. Zapaliła drugiego papierosa. Podeszła do ściany. Stanęła, opierając czoło na ciągle wilgotnej plamie po Diorze. Usłyszała dźwięk zatrzymującej się na piętrze windy. Podniosła ręce. Rozsunęła szeroko uda, wypięła pośladki. Słyszała zbliżające się kroki. Nagle światło z korytarza przedostało się do pokoju i zgasło. Usłyszała zgrzyt zamykanych drzwi. Zaciągnęła się głęboko papierosem. Nie zawiedziesz mnie teraz Freudzie, prawda?! – pomyślała, zamykając oczy...

Obudziła się przytulona do Pawła. Zaczęła delikatnie lizać jego szyję, pośliniła palce, objęła dłonią jego penis. Odepchnął ją gwałtownie i przesunął się na drugą stronę łóżka, nie otwierając oczu. Wstała, kładąc stopy na ręczniku, który leżał przy łóżku. Na biurku na jej zmiętej sukience stały jak w szeregu obok siebie puste butelki po dżinie i koniaku. Dywan obok biurka zasypany był kupką popiołu z papierosa. Podniosła głowę i spojrzała na ścianę. W środku pomiędzy dwiema długimi liniami zdartej tapety – mniej więcej na wysokości jej oczu – znajdowały się rozmazane nieregularnie różowoczerwone plamy po szmince poprzecinane odciskami zębów. Przycisnęła nos do ściany w tym miejscu. Pachniało klejem do tapet pomieszanym z zapachem malin.

Nie pamiętała niczego. Nie mogła sobie nawet wyobrazić tego wspomnienia. Typowa freudowska represja. Niektóre pragnienia trzyma się dla własnego bezpieczeństwa bardzo daleko od świadomości. Nawet jeśli spełniły się przed ośmioma godzinami. Ale one gdzieś tam się w mózgu zapisują. Odezwą się, gdy tylko pojawi się jakiś konflikt albo gdy niewyrażone, zamienią się w neurozę. Zobaczyła swój zgnieciony but na podłodze przed drzwiami łazienki. Na czarnych kafelkach podłogi przed wanną leżały jej majtki zadeptane szarą plamą podeszwy buta. Zaczęła myć zęby. Szorowała tak długo, aż na pianie z pasty na jej wargach pojawiła się krew. Przypomniała sobie w tym momencie dyskusję Junga z Freudem na temat interpretacji snu jednej z jego pacjentek. Obsesyjnie śniła ona o brutalnym seksie oralnym ze swoim szwagrem, który nie był jej obojętny. W swoich snach zgadzała się na ten seks, uważając, że tylko w taki sposób może zachować dziewictwo dla przyszłego męża. Każdy epizod jej snu kończył się dopiero wtedy, gdy poczuła smak krwi na swoich wargach. Na dodatek kobieta przyznawała, że w tym momencie odczuwała satysfakcję seksualną. Jung twierdził, że dziewictwo, którego utrata jest zawsze traumatyczna i bezpowrotna, ma dla kobiet ogromne znaczenie i związane jest ze składaniem ofiary i znaczeniem krwią tego najważniejszego na całe życie. Według niego sen matki wieloródki o krwi płynącej z jej ust tego dowodzi. Z ust krew może wypływać wielokrotnie i z wielu powodów, z rozerwanej błony dziewiczej tylko raz i tylko z jednego „uświęconego małżeństwem" powodu. Seks oralny pozwalał tej kobiecie „bezpiecznie" realizować swoje niezaspokojone fantazje seksualne i jednocześnie zachować wyłączność swojej miłości do męża. Podobne znaczenie ma na przykład w islamie seks analny. Freud natomiast uważał, że w utracie dziewictwa najważniejsza jest krew, którą kobieta „przelewa w walce o swojego aktualnego samca". Krew na wargach to tylko erzac krwi z hymenu. Kobieta, gdyby mogła, traciłaby dziewictwo wielokrotnie. Głupi, tragiczny Freud! Wszystko redukował do zwykłej seksualności.

Weszła do wanny. Odkręciła kran. Schyliła się po wąż z prysznicem. Poczuła ból. Dokładnie w miejscu pod tatuażem Agnieszki. Uśmiechnęła się. Dokładnie jak na tej łące w Zielonce...

Wyjechali z Berlina dopiero po południu. Po śniadaniu. Na Kudammie podają śniadanie do dwudziestej trzeciej. Potem przez godzinę podają tylko kolację, a potem znowu śniadanie. To takie marketingowe dopasowanie do nowego trendu zagonionych ludzi. Vincent w tym czasie zdążył wylecieć do Rzymu. Agnieszka zdążyła być już w wieczornym nastroju.

– Szukałam cię wczoraj w nocy. Co się stało, siostro? – zapytała, przysiadając się do niej z kieliszkiem szampana.

– Ja także siebie szukałam. Ale nie znalazłam. To boli. Czasami w dziwnych miejscach.

– I bardzo długo trwa. U mnie już tak siedem lat – powiedziała Agnieszka, ściskając ją za rękę. – Zadzwoń do mnie, jak już się urządzisz w Wiedniu. Natychmiast przyjadę...

Leciała z Warszawy we wtorek około południa. Spotkała się z rodzicami na lotnisku. Pawła na szczęście nie było. Miał jakiś ważny lunch w Gdańsku. Przez ostatnie miesiące, gdy chciała, żeby był, on musiał jeść obiady w jakichś odległych miastach w Polsce. Wolała im tłumaczyć, dlaczego go nie ma, niż pozostawić ich bez wytłumaczenia, gdyby zdarzyło im się być świadkami ich pożegnania.

Spotkali się przy śniadaniu w kuchni. Złożył gazetę, dopił kawę, poprawił krawat i podał jej rękę, życząc bezpiecznego lotu. Czekała tylko na to, że powie:

– To się jakoś zdzwonimy...

Objęła go. Nie rozsunął warg przy pocałunku, nie podniósł rąk. Popłakała się dopiero w samolocie.

– Siostrzyczko – usłyszała nagle za sobą, czekając w kolejce na taksówkę przed terminalem w Wiedniu.

Agnieszka przylatywała lub przyjeżdżała z Mediolanu do Wiednia prawie w każdy weekend. Paweł nie zatęsknił. Pisał czasami tylko lakoniczne e-maile o tym, jak bardzo jest zapracowany. Nie miała poczucia, że jest ważniejsza niż jego audyt z Holandii. I że kiedykolwiek będzie. Któregoś razu zadzwoniła Agnieszka.

– Mam supernewsa – zaczęła podnieconym głosem. – Vincent, to znaczy jego firma, kupił hotel w Dubrowniku. Moglibyśmy się tam opalać i przy okazji patrzeć, pracując w recepcji, jak idzie ten biznes. Połowa kasy pójdzie oficjalnie przez podatek, drugą połowę chcą przepuścić przez koszty PR. Bez podatku. Wszystko netto na nasze zadbane i opalone ręce! Chciałabyś?

Nie wiedziała dokładnie, czego chce. Wiedziała

natomiast, czego z pewnością nie chce. Nie chciała wracać do Warszawy, a tym bardziej do Poznania. Poza tym chciała się wreszcie uniezależnić. Od Pawła i od rodziców. Odpowiedziała, że chce.

Potem pojawiły się komplikacje. Okazało się, że w hotelu w Dubrowniku może być tylko jeden rezydent. Drugi mógłby osiąść w innym hotelu, który firma Vincenta przejęła na wyspie Hvar. Ale tylko na sierpień. Po tym czasie mogłaby wrócić do Agnieszki do Dubrownika.

– Powiedziałam Wincentemu, że jeżeli tak nie będzie, to może pakować książki i wracać do swojej grubej, starej żony na Sycylii – skomentowało to Agnieszka.

Czasami zastanawiała się, skąd u niej tyle fałszywego cynizmu. Ona nie była przecież taka.

Na początku sierpnia pojechała pociągiem z Wiednia do Splitu, a potem promem popłynęła na Hvar. Osiemnastego sierpnia podczas jej nocnego dyżuru w recepcji obudził ją swoim zapachem wysoki mężczyzna w czarnym podkoszulku.

– Mam na imię Jon. Zarezerwowałem tutaj dwa pokoje na dwanaście dni.

Położył przed nią wydruk e-maila z kodem rezerwacji. Była przerażona. Hotel był pełny od pralni w piwnicy po komin na dachu. Mężczyzny nie było na żadnej liście w komputerze. Poprosiła o jego paszport. Pochodził z Nowej Zelandii. Sprawdziła pod nazwiskiem Stevens. Był. Pod imieniem John.

Od jutra i tylko jeden pokój. Zaczęła kłamać. Przerwał jej w pół zdania.

– To się zdarza. Mogę przespać się na fotelu. Czy mogę zwolnić taksówkę?

Skinęła nerwowo głową.

– Proszę poprosić taksówkarza do recepcji. Przejmiemy koszty pana transportu.

Nie poprosił. Zaczął wnosić do hotelu metalowe walizki i sztalugi. Potem bez słowa usiadł na fotelu, przykrył się skórzaną kurtką i próbował zasnąć. Po godzinie podeszła do niego.

– Jeśli pan się zgodzi, proszę przyjąć klucz od mojego pokoju. Nie ma teraz żadnej sprzątaczki, więc trudno mi zapewnić panu zmianę pościeli. Jutro rano wszystko wyjaśnimy. Jeśli pan to zaakceptuje, w ramach rekompensaty przejmiemy koszty następnych trzech dni pana pobytu. Bardzo pana za wszystko przepraszam...

Nagle przebudzony spojrzał na nią przerażonym wzrokiem.

– Przepraszam panią. Ja nie chciałem przeszkadzać. Gdy jestem zmęczony, to czasami chrapię.

Uśmiechnęła się. Przepraszali się nawzajem. Pomyślała, że to dobry znak. Mr Stevens nie zrobi jutro żadnej awantury w dyrekcji. Wziął od niej klucz i podszedł do windy. Po dziesięciu minutach zadzwonił telefon.

– Czy wolno mi zdjąć z pani łóżka książki i notatki? Ja mogę spać na podłodze...

– Przepraszam. Oczywiście. Proszę położyć wszystko na stoliku pod oknem. Niech pan nie śpi w żadnym wypadku na podłodze...

– Czy pani także ma na imię Agnieszka? – zapytał nagle, wypowiadając to imię bez akcentu.

– Nie! – odpowiedziała zmieszana. – Proszę odłożyć wszystko na stolik. Dobranoc.

Zastanawiała się, czy w łazience nie ma jej tamponów, czy golarka do nóg i podbrzusza jest opłukana, czy tabletki antykoncepcyjne są w jej kosmetyczce i czy na suszarce nad wanną nie wisi jej bielizna. Była prawie pewna, że wisiała. Gdy rano po dyżurze wróciła do pokoju, łóżko było nienaruszone, książki i notatki były dokładnie w tym samym miejscu, jej bielizna ułożona w kostkę na ręcznikach w łazience, a na stoliku pod oknem leżał plik kartek z reprodukcjami obrazów olejnych podpisanych nazwiskiem „Stevens". Na jednej z reprodukcji z wizerunkiem nagiej kobiety był napis po angielsku i w nawiasie – bezbłędnie – po polsku: „Klimta podziwiam, Schielego uwielbiam, a Freud... to zwykły ćpun".

Spotkała go następnego dnia na plaży. Siedział na ręczniku obok ogromnej butelki czerwonego wina i rzeźbił coś nożem w kawałku drewna. Zapytała go po polsku, co to będzie. Odpowiedział po angielsku.

– Nie wiem, jeszcze wino się nie skończyło...

Uśmiechnęła się do niego. W pewnym momencie wstał i zniknął bez słowa. Po chwili wrócił z kieliszkiem. Nalał do pełna wina i wkopał go w piasek tuż przed nią.

– Ma pani dobre serce w pięknej piersi...

Przez chwilę pomyślała, że powinna włożyć stanik. To było dziwne. Ale chyba u wszystkich kobiet. Opalała się topless tylko na plażach bardzo odległych od hotelu. Paradoksalnie jej piersi mieli prawo oglądać tylko zupełnie obcy. Po dziesięciu minutach zastanawiała się, czy on jest ciągle na tyle obcy, aby mieć to prawo.

– Freud to mizogin, dyktator, onanista i tchórz. Niech pani to napisze. Może o tym onaniście jednak nie. To w Polsce zaprowadzi panią na szafot. Wyrzeźbię dzisiaj prącie Freuda i utopimy je razem w morzu. Chce pani?

Siedzieli na plaży i rozmawiali. Po angielsku. Czasami wtrącał pojedyncze polskie słowa. On rzeźbił, ona piła wino, które nalewał. I mówił. Już dawno żaden mężczyzna nie zachwycił jej rozmową. W pewnym momencie odważyła się i zapytała:

– Dlaczego Polska?

– Na pewno nie z powodu Matejki. Trochę z powodu Malczewskiego, ale najbardziej z powodu Agnieszki. Ale ona nie mieszka w Poznaniu – zaśmiał się, pokazując jej swoją rzeźbę.

Wiedziała, że przeczytał wszystko, co leżało na jej łóżku. Nie wiedziała dlaczego, ale ucieszyła się z tego. Spojrzała na to, co postawił przed nią na piasku. Mikroskopijne, pomarszczone, zwisające prącie nad monstrualnymi, opuchniętymi jądrami przypominającymi kształtem półkule mózgu.

– Freud był Żydem. Dlaczego pan go nie obrzezał?

– Bo on, gdyby mógł, to przyszyłby sobie na powrót ten kawałek skóry i wyparłby się swojego żydostwa. Zabraniał swojej żydowskiej żonie Marcie zapalać świece w czasie szabatu, nigdy nie jadł nic koszernego, a w Jungu się zakochał tylko dlatego, ponieważ ten był czystym Aryjczykiem. Uważał, że jeśli Aryjczyk będzie rozprzestrzeniał jego teorie, będzie to bardziej wiarygodne i nikt nie będzie mógł stawiać zarzutów, że „cała ta psychoanaliza to tylko syjonistyczne brednie". I miał dużo racji. Naziści spalili książki Freuda, natomiast Junga nie. Ale pani o tym wszystkim wie, prawda?

Wszystko się zgadzało. Jedynie to o Jungu nie było powszechnie znane. Dla niej była to tylko niesamowita interpretacja malarza Jona Stevensa z Nowej Zelandii na plaży na chorwackiej wyspie Hvar po więcej niż butelce czerwonego wina wypitego w trzydziestostopniowym upale. Tym bardziej postanowiła to zapamiętać i przy najbliższej okazji sprawdzić. Artyści, często się tego wypierając, zawsze byli bardzo oddanymi dziećmi Freuda. Nawet ci, którzy żyli trzy wieki przed tym, zanim świat o Freudzie w ogóle usłyszał.

– Dlaczego Agnieszka nie mieszka w Poznaniu? – zapytała kokieteryjnie, biorąc drewniane prącie Freuda do ręki.

– To długa historia – odpowiedział, podnosząc butelkę z winem do ust. – Zaczyna się w Krakowie, a kończy w małym miasteczku na wschodnim wybrzeżu Stanów Zjednoczonych. Nie opowiem jej pani teraz. Jest pani zbyt smutna. Pani ma dość smutku na teraz, prawda?

Miała. O tym też wiedział, pomyślała.

– Zazdroszczę panu strasznie tej zagadki, którą ma pan w oczach – odpowiedziała.

Plaża zaczynała pustoszeć. Po godzinie zostali zupełnie sami. Przed zachodem słońca przyznał, że chciał ją tylko sprowokować tym Freudem. Inaczej nie zwróciłaby na niego uwagi, a bardzo chciał, aby zwróciła.

– Freud jest okej. Mylił się wprawdzie co do wielu rzeczy, ale mylił się w cholernie interesujący sposób.

Gdy powiedziała mu, drżąc z zimna, że trudno myśleć o Freudzie, zapytał, czy ma przynieść kolejną butelkę wina. Pierwszy raz mężczyzna uwodził ją w tak inteligentny sposób. Zapytała go, czy alkohol to jedyna chemia, która rozgrzewa. Nie odpowiedział. Uklęknął za nią i zaczął ją masować. Najpierw plecy, potem głowę, później delikatnie twarz, stopy, piersi i brzuch. Na końcu położył ją plecami do siebie na ręczniku, rozwiązał sznurki majtek jej bikini i masował pośladki. Na początku leżała z zaciśniętymi szczelnie nogami, gryząc z zawstydzenia ręcznik. Po chwili rozluźniła mięśnie. Wylał na jej uda resztkę wina z butelki i zaczął je zlizywać...

Przez następne cztery dni wracała do tego miejsca na plaży. Nie było go. Uspokajała się, widząc klucz od jego pokoju w przegródce na ścianie recepcji. Teoretycznie nie powinno go być w hotelu. Teoretycznie. W piątek późnym wieczorem przełamała się i z recepcji zadzwoniła do jego pokoju. Nikt nie odebrał. W nocy podeszła po raz pierwszy naga do okna swojego pokoju i zadzwoniła drugi raz. Jego okno było ciemne i nikt nie odbierał. Uspokoiła się.

W sobotę wieczorem robili oficjalne powitanie nowych gości w hotelu. On wprawdzie przyjechał w poniedziałek, ale ciągle był według ich standardów „nowy". Te same bzdury napuszonego dyrektora w chorwackim krawacie o tym, jak „ważne jest, aby wszyscy czuli się tutaj jak w domu, gdziekolwiek go pozostawili". Unikała jak ognia tych kiczowatych przyjęć, ale tym razem poszła. Wzięła prysznic, wysuszyła włosy, spięła je w kok, zrezygnowała z makijażu, na białą kretonową bluzkę z logo hotelu włożyła oficjalny, wstrętnie brzydki, szarobrązowy kostium, który kazali im nosić na dyżurach. Co ciekawe, dyrektor zadbał, aby spódniczki były bardzo krótkie. Przez chwilę zastanawiała się, czy ma się spryskać perfumami. Nie spryskała. Dzisiaj chciała wyglądać najgorzej jak potrafi. Miała być dokładnie „nieozdobiona". Tak jak normalna żona rano po przebudzeniu, tyle że brzydziej, bo w tym kostiumie.

Znalazła go na kanapie tuż przy stole z alkoholami. Pił wino i czytał książkę. Przysiadła się. Młoda kelnerka stojąca za stołem tuż obok kanapy rzuciła jej nienawistne spojrzenie. Pocałował ją w policzek i zaczął czytać na głos, przekrzykując hałas rozwrzeszczanych ludzi i muzyki. Położyła głowę na jego piersiach i wpatrywała się w zadrukowaną stronę książki, nie dostrzegając liter. Słuchała.

...zawsze gdy na światło dzienne wydobywał się obraz duchowości – czy to u człowieka, czy w dziele sztuki – Freud stawał się podejrzliwy, przypisując decydującą rolę „wypartej seksualności". Stawiałem zarzut, że hipoteza ta, domyślana logicznie do końca, prowadzi do druzgoczącego osądu kultury, którą w takim razie należałoby postrzegać jako zwykłą farsę, chorobliwy wytwór wypartej seksualności. „Tak", potwierdził Freud. Tak właśnie jest. To przekleństwo losu, wobec którego jesteśmy bezsilni...

Czytał dalej, delikatnie gładząc jej włosy. Pachniał plażą i jaśminem. W pewnym momencie wsunęła język w szczelinę pomiędzy guzikami jego koszuli. Natychmiast odłożył książkę. Zaczął szeptać, całując jej ucho.

– Chciałbym o niej zapomnieć. I zapamiętać ciebie. Zniszczę wszystkie jej obrazy. Namaluję ciebie. To przecież tylko przekleństwo losu...

Wstał, podając jej rękę. Wjechali windą na pierwsze piętro. Weszli do „tego drugiego pokoju", który wynajmował. Otworzył wino, stawiając butelkę przy rozłożonej na podłodze kołdrze. Obok leżały płótna z aktami. Nogą przesunął je w kierunku okna. Podszedł do niej i zdjął jej marynarkę. Sama rozpięła guziki bluzki i zdjęła stanik. Rozsunął suwak jej spódnicy. Zapalił nocną lampkę, kierując światło na prostokąt kołdry na podłodze. Zniknął w ciemności pokoju, stając przy sztaludze. Rozebrała się i naga uklękła na kołdrze. Tyłem do niego. Tak jak wtedy na plaży...

Usłyszała jego kroki. Postawił lampkę tuż przed nią. Poprosił, aby usiadła przodem, po turecku, w najszerszym możliwym rozkroku i włożyła bluzkę, nie zapinając guzików. Położył na jej kolanach otwartą książkę o Freudzie i znowu zniknął w ciemności. Za chwilę wrócił i rozpuścił jej włosy.

– Czytaj mi ją cały czas na głos. Chcę namalować twój mózg...

Zadzwonił do niej dopiero w niedzielę wieczorem. Zapytał, czy popłynie z nim w poniedziałek do Splitu, a potem pojedzie do Dubrownika. Miał tam swój wernisaż. Pierwszy w Chorwacji.

– Daj mi trochę czasu, muszę to wyjaśnić z hotelem...

Od pierwszej sekundy wiedziała, że pojedzie. Nawet gdyby mieli ją za to zwolnić. Nie chciała tylko, aby on od początku o tym wiedział. W pierwszej reakcji wykręciła numer telefonu Agnieszki. Po chwili zrezygnowała. Pomyślała, że zrobi jej niespodziankę.

Popłynęli promem o czwartej rano. Pierwszy raz z jego powodu nie przespała całej nocy. Około czternastej trzydzieści byli w Splicie. Żaden mężczyzna jak dotychczas nie potrafił przez ponad dziesięć godzin karmić jej opowieściami, nie obrażając się, pozwalając jej przy nich zasypiać, smarując ją kremem, aby nie poparzyła się na słońcu, i budzić pocałunkami, pytając słodko: „Na czym to ja ostatnio skończyłem?".

W porcie w Splicie czekały na nich dwa samochody: ciężarówka z Ministerstwa Kultury Chorwacji i mercedes z galerii. Jon Stevens był pierwszym malarzem z Nowej Zelandii, który wystawiał w Chorwacji. Przez całą drogę do Splitu powtarzał jej to z dumą w głosie. Przestał, gdy powiedziała mu, że Chorwacja ma dopiero piętnaście lat.

– To trochę tak, jak przyjechać do Aborygenów na początku historii Australii. Dla nich też wszystko było wtedy pierwszy raz – zażartowała.

Ciężarówka była prawie pusta. Z Jonem przypłynęło nie więcej niż piętnaście jego płócien i jeden malutki kartonik prospektów. Przed osiemnastą byli w Dubrowniku. Wernisaż miał rozpocząć się o dwudziestej pierwszej trzydzieści. „Bo prawdziwi artyści bardzo późno wstają", odpowiedział jej, gdy zapytała, dlaczego o tak dziwnej porze.

Chciała być z nim, ale także chciała mieć czas dla Agnieszki.

– Po wernisażu zostawię cię na kilka godzin. Dla kobiety. Ma na imię Agnieszka...

– To „ta" Agnieszka? – zapytał.

– Tak, to ta...

– Ale wrócisz, prawda?

– Mam wrócić z „tą" Agnieszką czy sama? – zapytała, patrząc mu w oczy.

– Będę czekał... – odpowiedział, odwracając głowę.

– Niech pan nas zawiezie na najpiękniejszą plażę Dubrownika. I żeby było daleko od miasta – powiedział powoli do kierowcy.

– Lapad, okej – odpowiedział kierowca.

Znała tę nazwę! Hotel, w którym pracowała Agnieszka, był nad zatoką Lapad. Wysiedli na otoczonym palmami parkingu wykwintnego secesyjnego budynku tuż nad plażą. W oddali było widać słynne mury starego miasta. Kierowca zaparkował w cieniu. Potwierdził, że zaczeka na nich. Mieli prawie dwie godziny. Zeszli wąską, stromą alejką kończącą się szerokim wejściem na kamienistą plażę otoczoną półkolem stromych skał tworzących małą zatokę. Przeszli nad brzeg morza. Ciągle, mimo późnej pory, było bardzo gorąco. Zdjęła bluzkę i stanik. Jon usiadł obok niej, zapalając papierosa. Po chwili wstał.

– Pójdę do samochodu i przyniosę coś do picia – powiedział, delikatnie całując jej szyję. – Zaraz wrócę. Przyniosę też krem. Twoje piersi są poparzone...

Zamknęła na chwilę oczy, kładąc się na kamieniach. Po chwili poczuła zimne krople wody na skórze. Otworzyła oczy. Mały chłopiec podnosił gumową piłkę, która wpadła do wody tuż przy jej stopach. Usiadła, rozglądając się jak wybudzona ze snu. Wstała i zaczęła powoli spacerować wzdłuż plaży, brodząc w wodzie. Gdy dochodziła do skały zamykającej zatokę od wschodniej strony, zobaczyła Agnieszkę. Za jej leżakiem stał Paweł, wystawiając twarz do słońca...

Odwróciła gwałtownie głowę w kierunku morza. Powoli odwróciła się. Zamknęła oczy i zrobiła pierwszy krok. Potem drugi. Wyciągnęła rękę. Zaczęła się głośno śmiać. Mimo potwornego bólu.

Przejdę tę łąkę – pomyślała. – Przejdę całą, sama, bez jej pomocy...

Spis treści